KB162151

세계 문학을 읽는다 6

로미오와 줄리엣

윌리엄 셰익스피어 지음

이태주 옮김

로미오와 줄리엣

초판 1쇄 인쇄 · 2022년 4월 25일
초판 1쇄 발행 · 2022년 5월 3일

지은이 · 윌리엄 셰익스피어
옮긴이 · 이태주
펴낸이 · 김화정
펴낸곳 · 푸른생각

편집 · 지순이 | 교정 · 김수란, 노현정 | 마케팅 · 한정규
등록 · 제310-2004-00019호
주소 · 서울시 마포구 토정로 222 한국출판콘텐츠 402호
대표전화 · 02) 2268-8707
이메일 · prun21c@hanmail.net / prunsasang@naver.com
홈페이지 · http://www.prun21c.com

ISBN 979-11-92149-14-1 03840
값 18,500원

문득 폴란드의 셰익스피어 학자 얀 코트(Jan Kott)가 생각난다. 그는 『셰익스피어는 우리들의 동시대인』이라는 책을 써서 전 세계 연극인들과 셰익스피어 전문가들을 놀라게 한 사람이다. 〈리어 왕〉과 〈한여름 밤의 꿈〉의 실험적인 무대를 만들어서 현대 연극사에 새 장을 연 영국의 연출가 피터 브룩의 업적도 얀 코트의 이론적 뒷받침이 없었으면 불가능했다. 얀 코트는 뭐니 뭐니 해도 방대하고 웅장하고 어려워서 접근하기 힘들어 보이는 세계문화의 유산 셰익스피어를 우리 곁으로 가깝게 끌어온 재능 때문에 그 빛나는 공로를 인정받고 있다. 그는 셰익스피어를 우리 동네 옆집 아저씨처럼 친근감을 느끼도록 만들어주었다.

그가 한국에 온 적이 있다. 그는 딱딱한 학술 강연보다는 우리나라 남대문시장을 더 좋아했다. 남대문시장의 사람들, 활력, 그 벌거벗은 삶의 소용돌이에 도취되어 떠날 줄 몰랐다. 셰익스피어가 다룬 드라마는 그의 눈으로 볼 때에는 언제나 국경을 초월해서 우리 주변에 손에 잡힐 듯이 깔려 있었다. 그가 한 말 가운데서 흥미로운 것은 빅토르 위고에 관한 것이다.

프랑스의 대문호인 위고는 1850년대 말 채널 아일랜드에 유배당한 적이 있다. 위고는 아들과 함께 어느 겨울날 바닷가를 걷고 있었다. 그는 암담한 심정이었다. 아들도 절망적이었다. 아들이 아버지에게 "이번 유배를 어떻게 생각하세요?"라고 묻자 위고는 대답했다. "오래 걸릴 것이다." 침묵이 흘렀다. "어떻게 지내시겠어요?" 아들의 질문이다. "바다를 보면서 지내겠다. 너는 뭘 할래?" 위고는 궁금했다. "셰익스피어를 번역하지요." 아들의 답변이었다. 위고의 아들은 나중에 유명한 셰익스피어 번역가가 되었다.

얀 코트가 전해준 이 에피소드에서 내가 강하게 느낀 것은, 셰익스피어는 그 당시 위고를 껴안아준 바다였다는 사실이다. 그리고 그의 불운했던 정치적 유배는 고통스러운 현실이었다. 그 바다는 지금도 영원하다. 그러나 우리의 현실은 변하고 있다. 각자의 현실도 변하고 있다. 위고의 현실도 변하고 있었다. 셰익스피어의 문학은 위고가 유배된 현실 속에서는 그의 동시대인이었다. 내가 전란 중에 포탄 속에서 읽었던 셰익스피어는 나의 동시대인이었고, 나의 암담했던 현실을 비춰보는 거울이었다. 셰익스피어의 시간과 나의 현실, 이 두 시간이 서로 밀접한 정신적인 관계를 맺고 있으면 셰익스피어는 누구에게나 친근한 동시대인이 될 수 있다.

읽으면 읽을수록 참으로 재미있고 매혹적이고 유익한 셰익스피어와 동시대인이 되며 그가 우리와 친근한 이웃이 되도록 도와주는 일은, 누구나 쉽게 읽을 수 있는 번역을 하는 일이요, 해설을 써서 보급하는 일이라 생각한다. 그러나 이 일이 결코 쉬운 일이 아니다. 푸른사상사에서 지금 이 책이 새로 나오는 일도 나는 기적을 보는 느낌이다. 〈당신이 좋으실 대로〉는 동양 텔레비전이 있었을 때, BBC 셰익스피어 시리즈로 방영하기 위해 번역한 대본이다. 우리가 말하는 입술의 움직임에 맞추면서 번역하느라고 적잖이 고생했는데, BBC 셰익스피어 대본은 원래 텍스트에서 군살을 뺀 압축 대본이다. 무대에 올리거나 방송하기 좋게 다듬어진 것이어서 그 나름대로 이용가치가 있으리라 생각한다.

1996년 9월 22일 일요일, 로스앤젤레스 타임에 나의 눈을 활짝 뜨게 만든 기사가 났다. "원래의 극장이 문을 연 지 300년, 현대판 글로브극장이 셰익스피어에 대한 활기찬 접근을 장려하고 있다"라는 제목의 윌리엄 몬탈바노 기자가 쓴 런던발 대형 특집기사였다. 기사 한가운데 큼직한 사진이 게재되어 있었다. 개관 기념 공연인 〈베로나의 두 신사〉 개막을 기다리는 관객들이 극장 내부를 가득 메운 광경이었다. 그 사진 아래 중간 타이틀이 있었다.

> "셰익스피어가 이렇게 재미있는지 몰랐어요." 15세 미국인 소년이 말했다.

기사 내용은 이런 것이었다.

> 블루 진을 입은 미국인 틴에이저 세 명이 새로 개관하는 런던의 글로브극장에 나타났다. 안내원은 이 소년들에게 말했다. "극장 안에서 마음껏 떠들고 고함을 지르세요."

놀라운 일이었다. 다른 극장 같았으면 손가락을 입에 대고 "쉿!" 할 터인데. 셰익스피어가 그의 작품을 공연하던 옛 글로브극장 터에 복원한 이 극장에는 삼등석 노천 객석 '그라운들링'이 있다. 옛날 옛적 귀족 신사들은 옥내 객석에 점잖게 폼을 잡고 앉아 있었지만 일반 서민 대중들은 싼 입장료를 내고 이 마당 객석에서 눈이 오나 비가 오나 서서 연극을 관람했다. 흥청거리던 엘리자베스 시대, 런던 잡놈들은 모두 신이 나서 이곳에 모여들었다. 소매치기, 잡상배들, 창부들, 싸움패들, 건달들, 어린애들, 아낙네들, 오입쟁이들…… 그야말로 극장은 인생의 무대요, 넓은 세계의 축도(縮圖)였다. 이들 삼등석 인간들은 연신 해바라기씨를 까먹으면서 요란하게 고함을 지르며 법석을 떨고 우왕좌왕했다.

당시의 연극은 대낮에 반 옥외 반 옥내 극장에서 공연되었다. 지금처럼 객석의 불빛이 천천히 페이드아웃되면서 극장에 침묵이 깔리는 것이 아니다. 언제나 떠들썩한 소음 속에서 연극은 시작되었다. 셰익스피어 작품의 1막 1장의 서두가 한결같이 요란한 음향효과라든가, 분주하게 움직이는 사람들의 집단 장면으로 개막되는 이유는 이토록 시끄러운 관객들의 소음을 죽이기 위해서 고안된 개막 신호인 것이다. 연극이 진행되는 동안에도 이들은 가만히 있지 않았다. 연극이 신나면 박수를 치고, 시시껄렁하면 집어치우라고 휘파람을 불었다. 아주 민감하고 활기에 넘친 관객들이었다.

아버지를 따라 역사적인 개관 공연을 보러 온 미국의 틴에이저들은 옛날로 돌아가, 옛날의 관객이 될 수 있었다. 그들은 웃고, 울고, 고함을 지르면서 마음껏 신명을 낼 수 있었다. 관극을 끝낸 15세 소년에게 셰익스피어는 너무나 재미있는 존재가 되었다. 이것은 문화적 사건이다.

셰익스피어는 1616년 4월 23일 세상을 떠났다. 템스강 기슭에 글로브 극장이 건립된 해가 1599년이다. 그 이후 이 극장은 화재로 소실되었는데 1614년 재건되었다. 셰익스피어의 명작들이 이 극장에서 공연되었는데, 목조건물이었기 때문에 세월을 지탱하지 못하고 사라지고 땅만 남은 곳에 미국의 배우이며 연출가인 샘 워너메이커(Sam Wanamaker)의 25년간에 걸친 집념의 투쟁이 결실을 맺어 원형이 재현되었다. 그는 오늘의 개관을 보지 못한 채 1993년 타계했다. 그는 이 극장이 옛 모습대로 복원되어 옛날처럼 공연이 이루어지기를 바랐으므로 무대조명은 자연광선을 이용하도록 만들었으며, 대소도구, 장치 등은 최소로 줄였고, 마이크도 커튼도 달지 않았다.

셰익스피어는 가고 없다. 그의 자손도 대를 잇지 못했다. 그러나 그는 남았다. 그의 희곡작품이 있기 때문이다. 그는 남았다. 글로브극장이 있기 때문이다. 그는 남았다. 15세 소년의 감동이 있기 때문이다.

2021년 12월
옮긴이 이태주

차례

로미오와 줄리엣

Romeo and Juliet

등장 인물

에스컬러스_ 베로나의 영주
머큐쇼_ 젊은 신사, 영주의 친척, 줄리엣의 청혼자
패리스_ 청년 귀족, 영주와 머큐쇼의 친척, 줄리엣의 청혼자
패리스의 사동
몬태규_ 캐퓰리트 집안과 원수지간인 베로나의 한 집안의 가장
몬태규 부인
로미오_ 몬태규의 아들
벤볼리오_ 몬태규의 조카, 로미오와 머큐쇼의 친구
에이브럼_ 몬태규 가의 하인
밸더자_ 로미오의 하인
캐퓰리트_ 몬태규 집안과 원수지간인 베로나의 한 집안의 가장
캐퓰리트 부인
줄리엣_ 캐퓰리트의 딸
티볼트_ 캐퓰리트 부인의 조카
캐퓰리트 집안의 노인
줄리엣의 유모
피터_ 유모의 하인
샘슨 / 그레고리 / 앤서니 / 폿팬 / 하인_ 캐퓰리트 집안의 하인들
로렌스 / 존_ 프란체스코파의 신부
만토바의 약제사 / 악사 세 사람
그 밖에_ 사동, 관리, 베로나의 시민들, 가장무도자들, 횃불 든 사람들, 야경꾼들, 몬태규와 캐퓰리트 양가의 남녀 다수
서사역

장소

베로나 및 만토바

서 극

서사역(序詞役) 등장

서사역 아름다운 도시 베로나를 무대로 하여
똑같이 가문을 자랑하는 두 집안이
해묵은 원한을 불씨로 서로 싸우나니
시민의 피 묻은 손이 시민의 손을 더럽힌다.
두 원수 집안의 숙명적인 허리에서
불운한 두 연인들이 한 쌍 태어나니
이들의 불행한 사랑은 애틋한 죽음으로
두 집안의 갈등을 메우고 있다.
사랑과 죽음의 무서운 이야기
그 무엇으로도 막을 수 없기에
자식들이 죽고서야 끝장이 나는
두 집안 부모들의 계속되는 분노
이 모든 얘기들이 두 시간 동안
이 무대 위에서 펼쳐지나니
참고 들어주시면
부족한 점은 후일에 메우리다. (퇴장)

제1막

제1장 베로나 광장

캐퓰리트 집안의 두 하인 샘슨과 그레고리, 칼과 방패를 들고 등장.

샘 슨 그레고리, 정말이지 이젠 더 이상 못 참겠어.

그레고리 아니 그러다간 석탄 짐이나 운반하는 신세가 되겠어.

샘 슨 화가 치밀면 칼이라도 쑥 뽑겠단 말일세.

그레고리 그래, 알겠다. 목숨이 붙어 있는 동안만이라도 자네 모가지나 내놓고 다녀라.

샘 슨 약이 오르면 한칼에 조진다.

그레고리 자넨 통 화낼 줄 몰라 칼 뽑긴 다 틀렸어.

샘 슨 몬태규네 개새끼들은 보기만 해도 분통이 터져.

그레고리 화가 나면 뛰겠지. 용감한 자는 제자리에 버티는 법이야. 너 같은 놈은 화났다 하면 뺑소니 칠걸.

샘 슨 그 집안 개새끼들은 보기만 해도 화가 벌컥 나서 나는 그 자리서 버틴다니까. 몬태규 집안 것들 연놈 할 것 없이 한길에서 만나기만 하면 진창 한복판으로 몰아붙이고 나는 담 밑의 마른 길로 우쭐대며 갈 테다.

그레고리 못난 녀석 같으니. 오죽 얼간이들 같아 바싹 담벽에만 붙어 다

닐라고.

샘 슨 맞았어. 그래서 여자들은 허약한 족속들이라 담벽으로 밀리는 군. 그러기 때문에 나는 몬태규네 녀석들은 담에서 밀어붙이고 계집년들은 몽땅 담벽으로 바싹 붙어다니게 한단 말일세. 그레고리, 주인네들은 주인들끼리 아귀다툼이고, 하인들은 하인들끼리 머리통이 터지고.

샘 슨 다 마찬가지야. 나는 실컷 난동 좀 부려보겠다. 놈들하고 한바탕 싸움이 끝나면 계집년들도 맛 좀 보여줘야지. 고년들 꼭지를 잘라놓을 테다.

그레고리 처녀 꼭지 말인가?

샘 슨 그래, 처녀 꼭지든 처녀막이든 네 멋대로 생각해라.

그레고리 맛을 알아야 받아 먹지.

샘 슨 쭈뼛 서 있는데 고년들이 맛을 몰라? 내 물건은 말이다, 제법 알려졌다고.

그레고리 너 물고기가 아닌 게 다행이다. 생선이었다면 소금에 절인 대구포 같았을 거다. 자, 칼을 빼라. 몬태규 집 새끼들이 온다.

에이브럼과 하인 한 사람(밸더자)이 등장.

샘 슨 내 칼 몽둥일 뽑았다. 가서 싸워라. 뒤는 내가 봐주겠다.

그레고리 아니, 뒷구멍으로 뺑소니치려고?

샘 슨 내 걱정은 하지 마라.

그레고리 흥, 내가 자네 걱정을 해?

샘 슨 이 편에선 조용히 있다가 저쪽에서 시비를 걸어오길 기다리세.

그레고리 지나가면서 내가 상을 찌푸릴 테다. 어떻게 받아들이나 두고 보세.

샘 슨 그건 그쪽 뱃심 나름이지. 나도 엄지손가락을 깨물 테다. 모른 척 지나가면 그놈들 망신이지.

에이브럼 우리들보고 손가락을 깨물었지?

샘 슨 (그레고리에게 방백) 그렇다고 해도 우리 쪽 탈은 없겠지?

그레고리 (샘슨에게 방백) 없어.

샘 슨 너희들 보고 손가락 깨문 게 아니다. 내 손가락을 내가 깨물었을 뿐이다.

그레고리 싸울 셈이야?

에이브럼 싸워? 천만에.

샘 슨 싸울 생각이 있다면, 내가 한다. 우리도 너희들 주인 못지않게 훌륭한 주인 나리를 모신다.

에이브럼 잘난 것도 없지.

샘 슨 그럴까.

벤볼리오 등장.

그레고리 (샘슨에게 방백) 잘났다고 말해. 주인 양반 친척이 오신다.

샘 슨 잘났지, 잘났어.

에이브럼 거짓말이다.

샘 슨 사나이라면 칼이나 빼라. 그레고리, 부탁하네. 한 대 쳐서 맛 좀

보여줘라. (그들은 싸운다)

벤볼리오 바보 자식들, 그만둬! 칼을 집어넣어. 물불 안 가리는군.

티볼트 칼 들고 등장.

티볼트 야, 이 멍청이들아, 서로 칼을 뽑고 어떻게들 하겠다는 거냐? 여봐, 벤볼리오, 상대는 내가 해주마. 각오하라.

벤볼리오 나는 싸움을 말렸을 뿐이야. 칼을 넣어라. 둘이서 함께 이 싸움패들을 갈라놓자.

티볼트 아니, 칼을 뽑고 나서 싸움을 말려? 나는 지옥을 저주하듯, 평화가 싫다. 몬태규 놈들과 너를 저주하지만 네 말은 더욱 밉살스럽다. 비겁한 놈아! 내 칼을 받아라.

둘이 싸운다. 양쪽 집 사람 서너 명이 등장하여 싸움에 합세한다. 곤봉과 창을 든 시민들과 관리들이 이윽고 등장한다.

시민들 곤봉이다! 곡괭이다! 창이다! 죽여라! 때려눕혀라! 캐퓰리트 놈들 뒈져라! 몬태규 놈들 뒈져라!

늙은 캐퓰리트, 가운을 걸치고 부인과 함께 등장.

캐퓰리트 이게 무슨 소동이냐? 여봐라, 내 장검을 내오너라!

캐퓰리트 부인 지팡이, 지팡이를! 장검을 갖고 뭐 하시게요?

늙은 몬태규가 부인과 함께 등장.

캐퓰리트 내 칼을 달라! 늙은 몬태규가 내 앞에서 칼을 휘두르다니.

몬태규 캐퓰리트 악당아! 날 잡지 마라! 놔라!

몬태규 부인 싸우러 나가신다면 꼼짝달싹 못하게 하겠어요.

에스컬러스 영주가 그의 부하를 거느리고 등장.

영 주 치안을 교란하는 불온한 자들, 이웃끼리 피로 물든 칼을 휘두르는 불손한 자들아, 내 말 안들어? 에잇, 이 짐승 같은 인간들아! 흉측한 노여움의 불길을 혈관 속에 치솟는 붉은 피로 끄려 하느냐! 혹독한 고문이 두렵거든 피에 굶주린 손에서 당장 흉기를 버리고 성난 영주의 말에 귀를 기울여라. 너 캐퓰리트, 그리고 너 몬태규, 두 늙은이들은 부질없는 말을 트집 잡아 세 번씩이나 소동을 벌여, 이 도시의 치안을 세 번 교란시켰다. 베로나의 토박이 노인들은 저승길에나 어울리는 단장을 내던지고 오래 묵혀 둔 녹슨 창을 휘둘러 너희들 해묵은 원한을 진정시켰다. 앞으로 두 번 다시 이 도시를 떠들썩하게 하면 치안 교란죄로 너희들 목숨이 날아갈 줄 알라. 이번만은 그대로 물러가라. 그대 캐퓰리트는 나를 따르고, 몬태규 그대는 오늘 오후 법정에 출두하라. 이번 사건에 관해서 좀 더 나의 의견을 들어주기 바란다. 다시 한번 일러두지만 목숨이 아까우면 모두 물러가라. (몬태규 부부와 벤볼리오를 남겨두고 일동 퇴장)

몬태규 누구냐? 해묵은 분쟁을 터뜨린 자는? 여봐라, 벤볼리오, 너는 처음부터 현장에 있었느냐?

벤볼리오 원수의 하인들과 숙부님의 하인들이 막 싸우고 있을 때에 제가 왔습니다. 제가 칼을 빼 들고 싸움을 말리고 있을 때 불같은 티볼트가 칼을 빼 들고 갑자기 저에게 대들면서 난동을 부렸습니다. 맹탕 머리 위로 칼만 휘두르고 헛손질을 하잖겠어요. 누구 하나 치기는커녕 씩씩거리고 바람소리만 씽씽 내길래 그놈을 조롱했습니다. 우리가 한참 부딪치고 있는 동안에 사람들이 뛰어들어 서로 편싸움을 벌였죠. 마침 그때 영주님이 오셔서 싸움을 말렸습니다.

몬태규 부인 아, 로미오는 어디 있을까? 너 오늘 그 애를 보았느냐? 이 싸움에 그 애가 휘말리지 않아서 다행이구나.

벤볼리오 숙모님, 오늘 아침, 거룩한 태양이 동천의 금빛 창문으로 고개를 내밀기 한 시간 전, 저는 마음이 산란해서 밖으로 산책을 나갔습니다. 시가지 서쪽 변두리에 있는 우거진 단풍나무 숲 밑을 거닐고 있노라니 그토록 이른 새벽에 로미오가 산책을 하고 있질 않겠습니까. 가까이 다가가려 했더니 로미오가 먼저 눈치채고 숲속 그늘 속으로 숨어버렸습니다. 저는 그의 심정을 제 경우에 비추어 생각해봤지요. 사람이란 괴로울 때면 남몰래 혼자 숲속 후미진 곳을 찾아 생각에 깊이 몰두하는 법이죠. 그래서 저는 저대로, 그는 그대로 제각기 감정에 사로잡혀서 서로 피하는 것을 다행으로 여겨 일부러 자리를 피했습니다.

몬태규 로미오는 여러 번 새벽마다 그곳에서 서성댄 모양이다. 신성한 아침 이슬에 눈물을 뿌리며 구름이 몰려오듯 깊은 한숨을 짓는다는 거다. 그러나 삼라만상을 일깨우는 태양이 머나먼 동천에서 새벽 여신의 침상으로부터 검은 포장을 걷기 시작하면 침울해진 아들은 밝은 빛을 피해서 살짝 집 안으로 들어와 방 안에 처박혀 창문을 닫고 환한 빛을 몰아내며 스스로 어두운 밤을 만든다는구나. 어떻게 하든 그 원인을 제거해주어야 한다. 이것은 틀림없이 불길한 일이 다가오고 있음을 말해주고 있다.

벤볼리오 숙부님, 그 원인을 아십니까?

몬태규 모른다. 말을 하지 않으니 알 도리가 없지.

벤볼리오 억지로라도 캐내려고 애써봤습니까?

몬태규 나도 물어보았고, 친구들도 졸라보았다. 허나 그 애는 제 감정을 자기 자신에게만 터놓을 뿐, 자기 자신에게 얼마나 충실한지 알 수 없지만, 혼자서 비밀을 굳게 지키고 있다. 마치 꽃봉오리가 향기로운 꽃잎을 공기 속에 활짝 펴고, 그 아름다운 자태를 태양에게 바치기 전에 심술궂은 해충에 먹히는 것과 같아. 슬픔의 원인만이라도 알 수 있으면 당장 그 요법을 알아내어 치료해 줄 텐데.

로미오 등장.

벤볼리오 아, 마침 로미오가 오는군요, 잠시 이 자리를 피해주세요. 거절당할지 알 수 없지만 그 원인을 알아보겠습니다.

몬태규 여기 남아 있다가 그 애 본심을 알아보아라. 그렇게라도 되면 오죽이나 좋겠느냐. 여보, 우린 물러갑시다. (몬태규와 그의 부인 퇴장)

벤볼리오 안녕, 로미오.

로미오 아직도 이른 아침인가?

벤볼리오 막 아홉 시를 쳤어.

로미오 슬픈 시간은 지루하구나. 급히 사라진 분이 부친이시지?

벤볼리오 맞았어. 그건 그렇고, 무엇이 슬퍼서 로미오는 세월이 지루하다는 거냐?

로미오 시간이 빨리 가도록 하는 일이 없기 때문이지.

벤볼리오 사랑인가?

로미오 아냐.

벤볼리오 사랑을 잃었어?

로미오 나는 그녀를 사랑하지만 그녀는 반응이 없어.

벤볼리오 아, 슬픈 일이다. 사랑은 보기에 좋지만, 경험해보면 거칠다.

로미오 눈이 가려져 있다고 하는 사랑은 눈이 없어도 길을 잘만 가거든! 식사는 어디서 할까? 아, 참, 싸움판이 왜 벌어졌지? 말 안 해도 좋아, 나는 다 알고 있어. 증오심이 싸움을 터뜨리지만 괴로운 것은 사랑의 문제일세. 그러고 보니 아, 싸우는 사랑! 사랑의 증오심! 아아, 모든 것은 무(無)에서 유(有)가 생겨나네! 오, 무겁고도 가볍고, 진지하고도 속절없는 것. 겉보기에는 아름답지만, 그것은 추악한 혼돈, 납덩이의 솜털, 번쩍이는 연기, 차디찬 불, 병든 건강, 눈떠 있는 잠이요, 있는 그대로가 아닌 그 무엇! 사랑을 받아보지 못하던 내가 이 같은 사랑을 느끼고 있다니, 우습잖나?

벤볼리오 천만에, 오히려 울고 싶어.

로미오 여보게나, 무엇 때문에 울어?

벤볼리오 착한 로미오의 마음이 무겁고 괴롭기 때문이지.

로미오 애정이 너무 지나쳤군. 나 혼자의 슬픔만으로도 내 가슴은 이미 벅차네. 자네의 슬픔까지 짊어지면 이 크나큰 슬픔을 어이할 건가. 자네의 그따위 애정은 내 말 못 할 괴로움을 더해줄 뿐이야. 사랑이란 솟아오르는 깊은 한숨의 연기다. 깨끗한 사랑이면 연인의 눈동자에는 불꽃이 일고 흐릿한 사랑이면 애인의 눈물로 바다가 된다네. 사랑이란 바로 그런 거야. 분별심이 강한 광기면서 숨 막히는 쓰디쓴 약이요, 또한 생명력을 기르는 감로이기도 해. 벤볼리오, 이만 실례하네.

벤볼리오 잠깐, 나도 따라가겠어. 나를 버리고 가다니 너무해.

로미오 나야말로 미아인걸. 나는 여기 없어. 지금 나는 로미오가 아냐, 그는 다른 곳에 있네.

벤볼리오 진지하게 말해보게. 누굴 사랑하고 있나?

로미오 진지하게 신음 소리 내면서 말하라고?

벤볼리오 신음하면서? 천만의 말씀이야. 진정으로 말해보라는 것뿐이야.

로미오 환자에게 진정으로 유서를 쓰라고 하면 병든 사람에게는 참으로 불길한 일이야. 벤볼리오, 진지하게 말해두지만, 나는 어떤 여자를 사랑하고 있네.

벤볼리오 내 짐작이 어지간히 적중했군. 사랑에 빠졌다고 생각했었지.

로미오 잘 맞혔어. 내가 사랑하는 여인은 미인이야.

벤볼리오 옳은 과녁이라면 빨리 쏘아 맞혀야지.

로미오 그게 어렵다네. 큐피드의 화살에 맞질 않아. 달의 여신 디아나의 분별심이 있는 데다 순결이라는 갑옷으로 잘 무장하고 있으니 가냘픈 사랑의 화살로는 상처를 입질 않아. 구애의 공세에도 끄떡없고 야무진 눈초리로 집중해도 흔들리지 않으며, 성군 성자도 유혹할 수 있는 황금에도 닫힌 무릎을 벌리지 않아. 대단한 미인이긴 하지만, 그녀가 죽으면 미모도 사라지기 때문에 가여운 운명일 뿐이네.

벤볼리오 그렇다면 그녀는 한평생 독신으로 지내겠다는 맹세라도 했다는 건가?

로미오 그렇다네. 절약이 큰 낭비가 되었다네. 왜냐하면 아름다움을 가두고 쓰지 않으면 결국은 자손만대의 아름다움까지도 빼앗아가고 말기 때문이지. 아름답고 현명한 여인일지라도 나를 실망시키면서까지 하늘의 축복을 받을 리가 없어. 그 여인은 사랑하는 걸 단념키로 했다네. 때문에 그 얘기를 지껄이고 있는 나는 살아있는 송장과도 같아.

벤볼리오 내 말 듣고 그대로 하게나. 그 여인을 잊어버리게.

로미오 아아니, 어떻게 잊을 수 있어. 그것부터 좀 가르쳐주게.

벤볼리오 네 눈에 자유를 주게. 다른 미인들을 물색하면 되지 않나?

로미오 그렇게 하면 오히려 그 여인의 미모를 더욱 돋보이게 할 뿐이야. 미녀의 이마에 입을 맞추게 되는 부러운 가면을 생각해보게. 그

가면이 검기 때문에 그 속에 숨어 있는 하얀 얼굴을 더 떠올리게 되지. 갑자기 눈이 먼 사람은 잃어버린 보물 같은 시력을 결코 잊을 수 없는 법이야. 절세의 미인이 있으면 나에게 보여줘. 하지만 그게 무슨 소용이 있을까? 결국은 두드러지게 빼어난 그녀의 모습을 생각게 하는 이른바 마음의 각서가 될 뿐이네. 이만 실례하네. 잊는 방법을 자네 따위에게 배울 수 있겠는가.

벤볼리오 잊는 법을 알려주겠네. 그냥 빚지고 죽을 수야 없지. (두 사람 퇴장)

제2장 같은 장소

캐퓰리트, 패리스, 하인 등장.

캐퓰리트 몬태규 집도 우리와 똑같은 벌을 받았소. 우리 같은 늙은이들이 평화를 유지하는 일은 그리 어렵지 않소.

패리스 양가가 모두 이름난 명문 집안으로서 오랜 세월을 두고 서로 화목하지 못했던 것은 참으로 유감스러운 일이외다. 그건 그렇고, 저의 청혼은 어찌 되었습니까?

캐퓰리트 전에 한 말을 또 한 번 되풀이할 수밖에요. 딸년은 아직도 세상 물정을 모르는 데다 열네 살도 채 못 되었기 때문에 두 여름을 지나서야 신붓감이 될 수 있을 듯하오.

패리스 더 나이 어린 여자로서 행복한 어머니가 된 예도 있습니다.

캐퓰리트 하지만 너무 일찍 되면 일찍 깨질 수도 있소. 다른 자식들은 다 죽고, 저 딸애만 남아 나의 유일한 희망이 되고 있습니다. 그러나 패리스 백작, 그 애에게 직접 구애하여 그 애의 마음을 사로잡아보시구려. 그 애가 승낙하기만 하면 나의 의향은 있으나마나 한 것으로서, 그 애가 승낙하면 나의 동의와 승인은 그 애의 선택 범위 내에서의 일이 될 뿐입니다. 그런데 오늘 밤, 관례로 하던 연회를 우리 집에서 열게 되어 있는데, 친분이 있는 분들을 모두 초대해놨으니 백작도 최고의 귀빈으로 참석해주시면 한층 화려한 연회가 되겠어요. 초라한 집이긴 합니다만 오셔서, 밤하늘을 환하게 비추는 기라성 같은 이 장안 미녀들을 만나보세요. 성장을 한 봄 4월이 절뚝거리는 겨울의 뒤꿈치를 찾아오고 있을 때에 원기 왕성한 젊은이들이 느끼는 그런 기쁨과 흡사한 즐거움을 오늘 밤 저희 집에서 누릴 수 있을 것입니다. 꽃봉오리 같은 싱싱한 여인들 틈에 끼어서 말입니다. 잘 듣고 잘 보시고 나서 최고의 여인을 찾아 사랑을 하세요. 잘 살펴보시면 그 중엔 우리 딸도 끼게 되겠지만, 그 앤 머릿수나 채울 뿐 손꼽힐 정도는 아니겠지요. 자, 함께 갑시다. (하인에게) 여봐라, 너는 베로나 시중을 뛰어다니며 여기 적힌 분들을 찾아서 오늘 밤에 꼭 왕림해주십사 부탁드려라. (캐퓰리트와 패리스 퇴장)

하 인 여기 적힌 분들을 찾아내라는 분부시라! 제화공은 줄자를, 양복장이는 구두틀을, 낚시꾼은 화필을, 환쟁이는 그물을 제각기 만지작거려야 한다는 말씀이시지. 여기 적혀 있는 양반들을 찾아보라는 얘기지만 뉘네 이름들이 적혀 있는지 영 알 수 있어야지. 글 공부하신 분을 찾아가 볼 수밖에 도리가 없네. 아, 마침 잘 됐네!

벤볼리오와 로미오 등장.

벤볼리오 흥, 여보게나, 불이 또 다른 불을 끄는 법이라네. 새로운 고통은 낡은 아픔을 덜어주는 법이지. 빙글빙글 돌다가도 거꾸로 돌면 현기증은 가라앉네. 아무리 격심한 슬픔이라도 다른 슬픔이 생기면 잊히지. 자네 눈에 새 눈병이 걸려보게. 고약한 묵은 병은 사라지는 거야.

로미오 그 병에는 질경이 잎이 특효약이야.

벤볼리오 어디에 효험이 있다고?

로미오 정강이 상처에 말이네.

벤볼리오 여보게, 로미오, 자네 미쳤나?

로미오 미치지는 않았어. 그러나 생각해보면 미치광이 이상으로 꽁꽁 묶여 있네. 감옥에 갇혀서, 굶주리면서 혹독하게 매질당하고 고문당하고 있네. 자, 그럼 잘 있게.

하 인 나리, 용서하세요. 나리께서는 글을 읽을 줄 아십니까?

로미오 읽을 수 있지, 내 비참한 운명쯤은.

하 인 책 없이 배우셨겠지요. 하지만, 제 말씀은요, 눈으로 보고 글을 읽을 수 있습니까 하는 얘깁니다요.

로미오 암, 글자와 말만 안다면야.

하 인 아주 솔직하시군요. 이만 실례합니다.

로미오 여봐, 기다려. 읽을 수 있다. (그는 쪽지를 읽는다)

"마티노 씨, 동 영부인 및 따님들, 앤셀름 백작과 동 영애들, 우트루비오 미망인, 플라센쇼 씨와 동 영질들, 머큐쇼와 발렌타인 두 형제, 캐퓰리트 숙부님, 동 영부인 및 동 따님들, 질녀 로잘라인과 리비어, 발렌쇼 씨와 동 종제 티볼트, 루시오와 헬레나 양."

멋진 모임이다. 어디서 모이느냐?

하 인 오시라니까요.

로미오 어디서 열리는 만찬회냔 말이야?

하 인 우리네 집에서요.

로미오 우리네 집이라니?

하 인 저희 주인네 댁입죠.

로미오 참, 그걸 먼저 물었어야 했어.

하 인 묻지 않아도 말씀드리겠습니다. 우리네 주인은요, 큰 부자 캐퓰리트 어른이십니다. 만약에 나리께서 몬태규네 집 사람이 아니면 오셔서 한잔 걸치십쇼. 실례합니다. (하인 퇴장)

벤볼리오 캐퓰리트네 집의 이 오래된 관례의 연회에는 자네가 연모하는 아름다운 로잘라인이 베로나의 눈부신 미녀들과 함께 참석할 테니, 자네는 그리로 가서 편견 없이 로잘라인의 얼굴과 내가 대

주는 얼굴을 비교해보게. 자네의 백조는 금세 까마귀 꼴이 될 거네.

로미오 신앙에 넘친 경건한 내 눈이 그따위 거짓을 믿는 날에는 눈물이 불꽃으로 변할 걸세. 여러 번 눈물의 강물에 빠지면서 아슬아슬하게 죽지 않고 버티고 있는 이 눈이 이단자 노릇을 하기만 하면 거짓말 때문에 불에 타죽을 걸세. 내 사랑보다 더 아름다운 여인이라! 세상 만물을 내려다보는 태양도 천지개벽 이래 내 배우자에 필적할 만한 미인을 본 적이 없을 것이다.

벤볼리오 흥, 자네는 그녀를 미인으로 생각하지만 그건 자네가 다른 여인과 그녀를 두 눈의 저울에 달아보지 않았기 때문이지. 그러니 오늘 밤에는 연회석상에서 딴 여인을 대줄 테니, 그 수정 같은 두 눈앞에 자네가 사모하고 있는 그 여인과 비교해보게. 지금은 첫째 가는 것으로 보이겠지만 별것 아닌 것이 될 테니.

로미오 가보세. 그러나 그런 미인이 보고 싶기 때문이 아니야. 내 연인의 찬란한 모습을 즐기기 위함이네. (두 사람 퇴장)

제3장 캐퓰리트 집의 방

캐퓰리트 부인과 유모 등장.

캐퓰리트 부인 유모, 줄리엣 어디 있지? 그 애를 좀 불러주게.

유 모 글쎄, 열두 살 숫처녀 때의 처녀막을 두고 맹세하는 바입니다만, 오라구 일렀는데 — 어린 양 같은, 참새 같은 우리 아가씨! 어디 있을까! 아, 참, 줄리엣!

줄리엣 등장.

줄리엣 왜요? 누가 부르시나요?

유 모 엄마가 불러요.

줄리엣 엄마, 저예요. 왜 부르셨어요?

캐퓰리트 부인 딴 게 아니고 — 유모, 잠시 자리를 비켜줘. 단둘이서 얘기를 해야겠어. 유모, 좀 있어줘. 아무래도 유모가 이 자리에 있는 게 좋겠어. 유모도 알아두는 게 좋을 테니. 유모도 알고 있듯이 딸애가 이젠 제법 시집갈 나이가 돼서.

유 모 그렇습죠. 따님 나이라면 전 시간까지 댈 수 있으니깐요.

캐퓰리트 부인 아직도 만 열네 살은 아니야.

유 모 그렇습니다. 제 이빨 열네 개를 몽땅 걸고 하는 얘깁니다만 — 아이고 서러워, 남은 이가 네 개뿐이니 — 그런데 마님 팔월 초하룻날까진 며칠 남았는가요?

캐퓰리트 부인 두 주일 남짓 남았지.

유 모 며칠 몇 날인지는 알 수 없지만 일 년 열두 달 가운데서 팔월 초하룻날 밤이 오면 따님은 열네 살이 됩니다. 내 딸년 수잔과 따님은 — 하느님 비나이다! — 동갑입니다. 수잔은 지금 천당에 가 있지만 저에겐 과분한 딸애였습니다. 그러나 제가 말씀드린 것처럼 팔월 초하룻날 밤이 되면, 줄리엣은 열네 살이 됩니다. 틀림없습니다. 썩 잘 기억하고 있어요. 지진이 일어난 지 꼭 십일 년 되었죠. 그때 따님이 젖을 떼었습니다. 제가 그걸 어떻게 잊어요. 일 년 열두 달 하고많은 날 가운데 바로 그날이었습니다. 그날 전 젖꼭지에다 약쑥을 발라놓고 비둘기집 담 밑 양지바른 곳에서 햇볕을 쬐고 있었죠. 나리와 마님께서는 그때 만토바로 출타 중이셨고요. 저는 똑똑하게 기억하고 있습니다요. 그런데 말씀이에요, 방금 제가 말씀드린 대로 줄리엣 따님이 젖꼭지에 바른 약쑥 맛을 보더니, 썼던 모양이죠, 오만상을 찌푸리고 짜증을 내면서 젖꼭지를 마구 떼밀고 야단이지 뭐예요! 바로 그 순간이었어요. 비둘기집이 꺼떡꺼떡 흔들리며 말했죠. 정말 이제 절 보고 나가라 말라 할 것은 없잖아요. 그때부터 벌써 십일 년의 세월이 흘렀군요. 그때만 하더라도 따님은 곧잘 서기도 하고, 아장아장 비틀거리며 걸음마도 했습니다. 그래요, 맞아요. 바로 그 전날 굴러서 이마에 상처를 냈어요. 그래서 우리 집 양반이 — 어이구 저런! 제 남편은 참 재미있는 양반이었죠 — 아이를 번쩍 일으켜 안고서 하는 말이 '아가야, 앞으로 넘어졌나? 철이 들면 뒤로 벌렁 자빠질 거다. 안 그래, 줄' 이라고 하잖아요. 그랬더니, 어여쁜 아씨께서 울음을 딱 그치고 '응' 하잖아요. 그 농담이 이제 진짜로 구체화될 모양이니. 마님, 저는 보장할 수 있어요. 비록 천 년 동안 산다 할지라도 그 일을 잊을 수 없답니다. '안 그래, 줄?' 하니깐, 따님께서 깜찍하게도 '응' 하셨어요.

캐퓰리트 부인 그만해둬요. 제발 입 좀 다물라니까.

유 모 네, 마님. 울음을 딱 그치고 '응' 하던 일을 생각하면 웃지 않을 수 없답니다. 아가 이마에 병아리 불알만 한 혹이 생겼어요. 아주 위험한 상처였답니다. 마냥 울고불고 야단법석이었습니다. 우리 집 양반이 '아가야, 앞으로 넘어졌나? 철이 들면 뒤로 벌렁 자빠질 거다. 안 그래, 줄?' 했더니 아씨가 울다 말고 '응' 했어요.

줄리엣 유모, 제발 그만 좀 해둬요.

유 모 네, 그만하렵니다. 아씨의 행운을 빌겠어요. 이 유모는 아씨만큼 어여쁜 아가에게 젖을 먹인 적이 없답니다. 제발 오래 살아서 아씨 시집가는 것을 보는 일이 평생소원이었죠.

캐퓰리트 부인 결혼이라! 내가 하고 싶은 얘기가 바로 그 결혼 대목이다. 줄리엣, 너 결혼에 대해서 어떻게 생각하니?

줄리엣 꿈에도 생각지 못한 명예예요.

유 모 명예라! 아씨 유모가 나 혼자이기 때문에 말하기 거북하지만 아씨의 그 재치야말로 내 젖꼭지를 빨아먹은 탓이 아니고 무엇이겠습니까?

캐퓰리트 부인 결혼 생각도 해보려무나. 너보다 나이 어린 베로나의 명문 아가씨들도 벌써 아기 엄마가 된 사람이 많아. 너는 아직 처녀이지만, 네 나이에 나는 어머니였어. 톡 깨놓고 얘기한다면, 그 늠름하신 패리스 백작이 너를 아내로 맞겠다고 성화이시다.

유 모 아, 그 신사분, 꽃 같은 아씨! 어마 아씨, 이 세상에서도 그런 분은 — 글쎄, 아주 신사의 모범이시라니까요.

캐퓰리트 부인 옳아. 베로나의 여름에는 그분만큼 아름다운 꽃은 없어.

유 모 그분이야말로 꽃 중의 꽃, 진정한 꽃이죠.

캐퓰리트 부인 그래, 네 생각은 어떠냐? 그분을 사랑할 수 있겠니? 오늘 저녁 연회장에서 그분을 볼 수 있을 것이다. 패리스 백작의 얼굴을 책을 읽듯이 꼼꼼히 살펴보아라. 아름다운 펜끝이 그려놓은 즐거운 이야기를 찾아보렴. 얼굴 생김생김이 하나하나 조화가 잡혀 얼굴 구석구석을 서로 돕고 있어. 이 아름다운 얼굴의 책에 안 나타난 점은 눈이라는 여백에서 찾아볼 수 있지. 제본이 안 되어 있을 뿐인데, 이 기막힌 사랑의 책에 표지만 붙이면 그 아름다움이 완성되는 거야. 바다는 물고기가 있기 때문에 좋은 거야. 눈에 보이는 아름다움은 눈에 보이지 않는 아름다움을 속에 갖추고 있어야 빛나는 법이지. 많은 사람에게 영광을 가져다주는 책이란 황금 표지 안에 황금 얘기를 담고 있어야 하거든. 따라서 네가 그런 분을 남편으로 모시고 있으면 그분 것이 모두 네 것이 될 수 있어. 네 것은 잃을 것이 아무것도 없어.

유 모 잃을 게 없다구요? 외려 몸이 붇는데요 — 여자가 임신을 하면 말씀입니다.

캐퓰리트 부인 말해봐. 백작님을 좋아할 수 있겠니?

줄리엣 보고 정이 들도록 노력하겠습니다. 하지만 그것은 어머님이 허락하시는 범위 안에서의 일이에요. 그 이상 더 깊이 저의 시선을 화살처럼 날리지 않으렵니다.

하인 등장.

하 인 마님, 손님들이 오셨습니다. 상도 다 차려놨습니다. 마님을 찾는 소리, 젊은 아씨를 찾는 소리, 부엌에서 유모를 탓하는 소리 등으로 온통 뒤죽박죽입니다. 전 가서 접대를 해야겠습니다. 곧 뒤좇아 오시기 바랍니다.

캐퓰리트 부인 곧 가겠다. (하인 퇴장) 줄리엣, 백작님이 기다리신다.

유 모 가세요, 아씨. 밤과 낮의 행복을 찾으시우. (일동 퇴장)

제4장 캐퓰리트 집의 바깥

로미오, 머큐쇼, 벤볼리오, 가면을 쓴 오륙 명의 가장무도회 참석자들과 횃불을 든 사람들 등장.

로미오 구실을 만들어 들어갈까, 아니면 아무런 변명 없이 밀고 들어갈까?

벤볼리오 요샌 그런 구질구질한 변명으로 안 통해. 큐피드가 스카프로 눈을 가리고 알록달록한 타르타르인 장난감 활로 허수아비처럼 아가씨들을 놀라게 할 필요도 없거니와 들어갈 때에 프롬프터를 따라 읊어대는 서사도 집어치우세. 상대방 멋대로 생각하라고. 우리는 우리대로 한바탕 춤이나 추고 꺼지면 그만이야.

로미오 나에게 횃불을 다오. 나는 기분이 내키지 않는다. 마음이 어두우니 불이나 밝히련다.

머큐쇼 안 돼. 이봐 로미오, 자네야말로 춤 좀 춰야겠어.

로미오 정말 못 추겠어. 자네는 바닥이 가벼운 무도화를 신고 있지만, 내 마음 밑바닥은 납덩어리야. 땅에 붙어버려 꼼짝달싹할 수 없네.

머큐쇼 자네는 연인이야. 큐피드의 날개를 타고 하늘 높이 훨훨 날아야지.

로미오 어림도 없네. 큐피드의 화살촉에 맞았기 때문에 그 가냘픈 날개를 타고 하늘로 치솟기는 다 틀렸어. 게다가 워낙 심하게 묶여 있어서 이 괴로움을 뛰어넘을 수도 없네. 사랑의 무거운 짐에 짓눌려서 난 바닥에 가라앉기만 한다네.

머큐쇼 자네가 무거운 짐 속에 가라앉는다면 그 사랑은 무겁기만 하겠네. 부드러운 자네 연정에는 지나치게 무겁겠구먼.

로미오 사랑이 부드러운 것이라고? 거칠기만 하네. 너무 혹독하고 우악스러워서 가시처럼 사람을 찌르고 있어.

머큐쇼 사랑이 자네를 괴롭히면 자네도 사랑에 대해서 거칠게 굴게. 사랑이 찌르면 자네도 찔러주고, 사랑을 때려눕히게. 내 얼굴을 가릴 가면을 줘. 흉측한 낯짝에 흉한 가면이라! 내 못난 얼굴을 보겠으면 실컷 보라지. 나 대신 불룩 튀어나온 이 이마빡이 빨개질 테니.

벤볼리오 가자, 노크하고 들어가자. 들어가서는 모두들 춤을 춰야 돼.

로미오 횃불을 주게! 마음이 들뜬 놈팡이들이나 홀에 깔린 감각 없는 돗자리나 구두 뒤꿈치로 비벼대거라. 속담에 있는 말씀대로, 나는 촛대나 들고 구경이나 하겠다. 놀이가 한창일 때 꺼지는 법이야.

머큐쇼 뭐 잠자코 있어. 순경 나리의 명령이다. 자네가 구덩이 속에 빠진다면 우리가 끌어올려줄 테다. 미안한 말씀이지만, 귀밑까지 흠뻑 빠져 있는 그 사랑의 늪에서부터 말일세. 아니, 이건 한낮의 등불 격이군. 자, 가자!

로미오 아냐, 그렇잖아.

머큐쇼 내 말은 한낮에 켜놓은 등불처럼 헛된 낭비라는 뜻이야. 우물쭈물할 때가 아니야. 말뜻을 잘 알아듣게. 그게 다섯 곱이나 더 현명한 판단이지. 다섯 가지 지혜에는 한 가지 판단이 따르는 법이지만.

로미오 무도회에 가는 것은 선의의 행동이긴 하지만 현명한 짓은 못 되는 듯하네.

머큐쇼 어째서?

로미오 어젯밤 꿈을 꾸었네.

머큐쇼 나도 꾸었어.

로미오 그래, 자네 꿈은 무엇이었나?

머큐쇼 꿈꾸는 사람들은 흔히 개꿈이라고 거짓말도 하지.

로미오 자면서 꾸는 꿈이 진짜 용꿈일 수도 있어.

머큐쇼 아, 그렇다면 자넨 매브 여왕님(켈트 지방의 요정의 여왕. 여왕은 매춘부의 은어로도 사용된다. 매브도 그런 의미를 갖고 있다-역자 주)과 꿈속에서 동침하셨구먼. 그 여왕은 요정들의 산파요, 시 참사원 집게손가락에 번쩍이는 마노 보석보다 더 작은 모습으로 나타나는데, 난쟁이 떼들에 끌려 잠자고 있는 사람들의 콧등 위로 살며시 지나가지. 그 여왕 수레는 개암열매 빈 껍질인데 다람쥐나 좀벌레가 만들어준 거야. 요것들은 아득한 옛날부터 요정들의 수레를 만들어줬어. 수레바퀴 살은 기다란 거미다리요, 뚜껑은 메뚜기 날개, 끄는 줄은 아주 가느다란 거미줄이요, 목걸이는 젖은 달빛, 채찍은 귀뚜라미 뼈요, 그 끝줄은 가는 실오라기, 마부는 회색 외투를 걸친 모기 새끼인데, 크기는 게으름뱅이 계집의 손끝에서 비집고 나오는 작고 둥근 벌레의 반도 안 돼. 이런 모습으로 밤마다 매브 여왕은 연인들의 머릿속을 행차하시는 거야. 그것이 연인들에게는 사랑의 꿈이 되지. 벼슬아치 무릎 위를 지나면 아첨 떠는 꿈이 되는 거야. 변호사의 손끝을 지나면 사례금을 받는 꿈이 되고, 여인들의 입술에 닿으면 입 맞추는 꿈. 때때로 여인들의 입김 속에 과자 냄새가 난다고 매브 여왕님이 울화가 치밀어 입술에 물집을 만들어주는 수가 있어. 그녀가 궁신들의 콧등을 지나가면 돈벌이 꿈을 꾸는 거야. 또한 여왕님은 십일조 연보 돼지꼬리로 교구 목사님 콧등을 간지럽히기도 해. 그러면 교구 목사님은 연보 돈이 느는 꿈을 꾸지. 때로 여왕님이 군인들 목을 스치고 지나가면 외국 군인들 목을 따는 꿈으로부터 시작해서 돌진, 매복, 스페인 군도(軍刀), 부어라 마셔라 술타령, 이윽고 우렁찬 나팔 소리에 놀라 깨어나지만, 몇 마디 기도문을 중얼거리다간 다시 잠 속에 빠지곤 하지. 한밤중에 말의 갈기도 땋아놓으며 미운 처녀의 머릿단을 뭉개놓기도 하지. 이게 풀리는 날에는 불행이 밀어닥친다는 거야. 이 모든 게 매브 여왕님의 장난이야. 또 있어. 아가씨들이 등을 대고 벌렁 누워 있을 때, 위에서 꾸욱 누르는 무거움도 참도록 하고 짐을 받드는 아낙으로 만들어주는 거야. 이 모두가 매브 여왕님의 장난이라네. 또 있지, 그녀는…….

로미오 집어치워, 머큐쇼. 집어치워! 쓸데없는 소리 그만해.

머큐쇼 그건 그래. 모두 꿈 얘기니깐. 이 모든 헛소리는 부질없는 공상에서 나온 거야. 꿈이란 한가로운 머리에서 태어나는 법이거든. 공상은 공기처럼 텅 빈 물건, 바람처럼 변덕이 심하지. 얼어붙은 북쪽 가슴에 기대어 있는가 하면, 분통이 터지면 갑자기 풍향을 바꿔 훌쩍 그곳을 떠나 이슬이 맺히는 남쪽으로 돌아서거든.

벤볼리오 자네가 말하는 그 바람은 지금 우리들 정신을 빼고 있다. 연회도 다 끝났을 거야. 늦었어.

로미오 너무 이르네. 내 마음이 어쩐지 설레고 있어. 저 운명의 별들에 걸려 있는 어떤 중대사가 오늘 밤의 이 연회를 계기로 무서운 힘을 발휘해서, 이 가슴에 자리한 저주 받은 목숨을 흉측한 횡사의 형벌로써 끝내려 하고 있을지도 모른다는 예감이 드네. 내 항로의 키를 잡고 계신 신이여, 나의 뱃길을 인도하소서! 자, 씩씩한 친구들이여, 가자!

벤볼리오 북을 쳐라. (일동 퇴장)

제5장 캐퓰리트 집의 홀

악사들이 무대에 대기 중이고, 하인들이 냅킨을 들고 등장.

하인 1 상 치우는 일도 거들지 않고 폿팬 녀석 어디로 갔어? 그러고도 접시를 치운다나? 접시 한 장 씻기나 해?

하인 2 일은 한두 명이 다 해야 하는데, 손도 안 씻었으니 야단났군.

하인 1 접는 의자도 치우고 찬장도 치워라. 식기를 조심해. 여보게나, 편도과자 한 토막 남겨두게. 문지기보고 수잔 그라인드스톤과 넬을 보내달라고 해. (하인 2 퇴장) 앤서니, 폿팬!

두 하인 등장.

하인 3 대령했수다. 왜 그러슈.

하인 1 큰 방에서 너를 찾고, 부르고, 청하고, 구하고 야단났어.

하인 4 한꺼번에 여기에 번쩍 저기에 번쩍 할 수야 있나? 다들 기운을 내자구! 부지런 떨게. 오래 사는 놈이 장땡이야. (하인 3, 4 퇴장)

캐퓰리트 부부, 줄리엣, 티볼트, 유모 등장. 가면 쓴 신사들과 귀부인들을 맞는다.

캐퓰리트 어서들 오십시오, 신사 양반들! 발가락이 안 부르튼 숙녀들은 여러분들과 춤을 추게 될 것입니다. 아, 숙녀들이여, 혹시나 춤을 추지 않겠다고 하실 분은 없으시겠지요? 얌전 빼는 숙녀들은 발이 부르터 있겠지요. 핵심을 찔렀을 겝니다. 안 그래요? 신사분들이여, 잘들 오셨소! 전들 한때엔 가면을 쓰고 아름다운 부인네들 귓속에 달콤하고 즐거운 얘기를 속삭이지 않았겠습니까. 하지만 모두가 아득하고 아득한 옛날의 일입니다. 자아, 여러 신사 양반들, 어서 들어오세요! 악사들, 풍악을 울려라. (음악이 연주된다. 그들은 춤을 춘다)

자, 널찍하게 자리를 잡읍시다. 터전을 넓히고 아가씨들이여, 춤을 추세요. 여봐라, 환하게, 환하게 불을 밝혀라. 테이블을 치우라. 난롯불을 꺼버리는 게 좋겠어. 방이 너무 더워. 아, 이거 잘됐군. 예상치도 않았던 즐거운 놀이가 됐는걸. 자, 캐퓰리트 일가 어른, 앉으세요. 여기 앉으시라고요. 족장이나 나나 춤추는 세월은 지났어요. 어르신네 하고 가장무도회에 나갔던 때가 언제더라?

캐퓰리트 노인 허허, 필경 삼십 년은 족히 됐을 거요.

캐퓰리트 뭐라고요? 그렇게 됐을 리가 없어요. 안 됐고말고. 루센쇼의 결혼 후니까, 오순절이 아무리 빨리 온다 하더라도 그럭저럭 이십오 년쯤 되었겠군. 그땐 광대 춤을 추었었지.

캐퓰리트 노인 더 돼요, 더 됐어요. 지금 그 아들놈이 그보다 더 나일 먹었는데. 그 애 나이 서른인 걸요.

캐퓰리트 어림없는 소리. 그 애는 이태 전만 해도 미성년이었는데.

로미오 (하인에게) 저 여인이 누구냐? 저기, 기사의 손을 잡고 있는 여인 말이야.

하 인 모르겠습니다.

로미오 아, 저 여인의 빼어난 아름다움은 횃불에게 환히 타오르는 법을 가르치고 있는 듯하다. 그건 검은 에티오피아인의 귀에 매달려 있는 값비싼 보석처럼 밤의 볼에 걸려 있는 듯하다. 일상적으로 써먹자니 너무나 고귀한 아름다움이요, 속세의 것이 되기엔 너무도 아깝구나. 딴 여인들 틈에서 섞여 있으니 한결 더 눈부시게 아름다움이 돋보인다. 까마귀 떼 속에 섞인 눈처럼 하이얀 비둘기 같아 보이네. 춤이 끝나면 저 여인이 서 있는 곳을 잘 보아두었다가 저 여인의 손을 이 거친 손으로 잡아보리라. 한데, 지금까지 내 마음이 사랑을 했다고 할 수 있을까? 내 눈이여, 아니라고 답하라! 나는 오늘 밤에야 그 진정한 아름다움을 본 듯하구나.

티볼트 저 목소릴 들어보니 틀림없이 몬태규네 집안 사람이다. 여봐라 (사동에게), 내 긴 칼을 갖고 오라. 이놈, 잘도 왔구나. 가면으로 몸을 가리고 와서 우리 연회를 우롱할 셈이냐? 우리 문중의 명예를 걸고 저놈을 때려죽이는 것이 죄가 될 순 없다.

캐퓰리트 얘야, 왜 이렇게 화를 내고 있느냐?

티볼트 아저씨, 우리 집 원수인 몬태규네 집안 놈입니다. 이 녀석이 오늘 밤의 연회를 우롱하기 위해서 이곳에 온 겁니다.

캐퓰리트 로미오라는 청년이구나.

티볼트 그렇습니다. 악당 놈 로미오죠.

캐퓰리트 내버려둬라, 상관없다. 거동이 점잖은 게 신사답구나. 솔직히 말해서 이곳 베로나에서는 저 애를 품행이 단정한 좋은 청년으로 알고들 있어. 모두 자랑으로 삼고 있더라. 베로나 시의 재산을 몽땅 준다 하더라도 내 집에서 저 청년에게 해를 끼칠 수 없어. 그러니 참아야 해. 모른 척하고 있으면 되는 거야. 내 뜻이 그러하니, 네가 내 뜻을 받든다면 유쾌한 표정을 짓고 있어. 그렇게 상을 찌푸리면 못써. 그런 얼굴은 연회에 어울리지 않아.

티볼트 저런 악당이 손님으로 와 있으니 찌푸리는 것도 당연하죠. 도저히 참을 수 없습니다.

캐퓰리트 참아야 해, 요것아. 참으라면 참는 거야. 도대체 집주인이 누구냐? 너냐? 나냐? 돼먹지 않게. 그래 참을 수 없다는 거냐? 아이고, 맙소사. 내 손님들 앞에서 한바탕 소동을 부리겠다는 거냐! 놀라서 까무러치겠다, 이 녀석!

티볼트 숙부님, 너무하십니다. 이건 모욕이 아닙니까?

캐퓰리트 그렇게도 참을 수 없는 일이야? 뻔뻔스럽고 거만한 녀석. 자네, 안 그런가? 버르장머리 없이 이러는 네녀석에게도 필경 화가 미칠걸. 나한테 거역하겠다는 거냐! 적당히 그치는 게 좋아—됐습니다, 여러분들 추세요!—주제넘게시리, 건방진 녀석! 닥쳐, 그러지 않으려면 나가!—불을 밝혀라! 불을 더 환히 밝혀라!—돼먹지 않게시리! 아가리를 봉해주겠다—아, 여러분들

유쾌히 지내십시오!

티볼트 화통이 치미는데 다짜고짜로 참으라니 사지가 근질근질해서 못 견디겠다. 난 가겠습니다. 이번 침범이 당장은 달콤할지 모르지만, 곧 쓴맛을 보게 될 거다. (퇴장)

로미오 (줄리엣의 손을 잡고) 만에 하나라도 이 천한 손으로 당신의 거룩한 성당을 더럽히고 있다면, 그 죄의 보상으로 내 입술이, 낯을 붉힌 두 순례자처럼 기다리고 섰다가 부드러운 입맞춤으로 더러운 흔적을 씻을까 합니다.

줄리엣 착한 순례자님, 당신의 손에 대해서 너무 지독하신 말씀. 보세요, 이처럼 예의 바르게 헌신의 정을 보여주고 있습니다. 원래 성자의 손은 순례자의 손에 닿는 법, 손바닥과 손바닥이 맞닿으면 거룩한 순례자의 입맞춤이 아니겠습니까?

로미오 하지만 입술은 성자에게도 순례자에게도 있잖아요?

줄리엣 순례자님, 그것은 기도를 올리라는 입술입니다.

로미오 아, 그렇다면 성녀님, 손이 하는 일을 입술이 하도록 내버려둡시다! 입술이 바라고 있습니다. 허락해줍시다. 믿음이 절망으로 변하지 않도록 말이오.

줄리엣 비록 기도를 허락하는 한이 있더라도 성자의 마음은 움직이지 않습니다.

로미오 그러면 움직이지 말고 있으시오. 내 기도의 효험을 받을 동안 (그녀에게 입 맞춘다) 이것으로 내 입술의 죄는 깨끗해졌습니다. 당신의 입술 때문이죠.

줄리엣 그렇다면 제 입술이 그 죄를 갖게 되네요.

로미오 내 입술의 죄? 아, 얼마나 달콤한 꾸짖음이냐! 다시 한번 그 죄를 돌려주오. (다시 입 맞춘다)

줄리엣 예절 책을 보고 배운 듯 입 맞추네요.

유 모 아씨, 어머님이 하실 말씀이 있으시대요.

로미오 어머님이 누구시오?

유 모 딱하기도 하시네, 총각. 그분이 바로 이 댁 주인 마나님이시랍니다. 현명하고 덕이 있으시고 훌륭하신 분이죠. 총각이 방금 얘기를 주고받은 아씨는 제 젖을 마시고 컸어요. 어느 댁 뉘신지는 몰라도 저 아씨에게 장가드는 양반은 돈보따리를 짊어지는 거예요.

로미오 (방백) 그녀가 캐퓰리트 집안 아가씬가? 아, 비싼 대가를 치르는군! 내 목숨이 원수네 집에 매달려 있다니.

벤볼리오 자, 이젠 물러가자. 흥이 한창일 때 꺼지는 거다.

로미오 그렇기도 해. 더 있을수록 불안한걸.

캐퓰리트 아니. 여보세요들. 가시기에는 아직 일러요. 신통치는 못하지만 간단한 다과가 마련되어 있어요. (캐퓰리트 귀에다 가면을 쓴 자들이 속삭인다) 아, 그러세요? 그러시다면, 알겠습니다. 오늘 왕림해주셔서 감사합니다. 여러분, 감사합니다. 안녕히들 가십시오. 자, 이쪽에 횃불을 더 밝혀라! 자, 우리도 이만해두고 잠자리에 들자. 아, 이런, 정말 밤이 깊었군. 나는 곧 잠자리에 들겠다.

줄리엣과 유모만 남겨두고 일동 퇴장.

줄리엣 유모, 이리 와요. 저어기 있는 저 신사분이 누구예요?

유 모 타이베리오 댁 장남인가 봐요.

줄리엣 지금 막 문을 나서는 저분 말이에요?

유 모 으응, 페트루치오 댁 도련님인가 본데요.

줄리엣 바로 뒤에 따라가는 분은요? 춤을 안 추시던데.

유 모 모르겠는데요.

줄리엣 가서 이름을 알아보고 오세요.

유모 걸어간다.

결혼하셨다면 무덤이 나의 신방이 될 거예요

유 모 이름은 로미오고, 몬태규 댁 사람이래요. 아씨의 원수 집 외아들이라우.

줄리엣 나의 유일한 사랑이 유일한 증오심에서 태어나다니! 모르는 동안에 너무 일찍 봐버렸고, 알고 났을 땐 이미 때는 늦었구나. 증오의 대상인 원수 집 사람을 사랑해야 한다니 불길하고 흉측한 사랑의 싹이어라.

유 모 그게 무슨 소리예요?

줄리엣 방금 함께 춤췄던 이로부터 배운 시구절이지요.

안에서 줄리엣을 부르는 소리.

유 모 네, 곧 갑니다! 자, 어서 가요. 손님들이 모두 가셨어요. (퇴장)

서 사

서사역 등장.

서사역 이제 해묵은 욕정은 무덤에 쓰러지고
젊은 사랑이 뒤어어 움튼다.
그 사랑 때문에 죽도록 신음하던 저 미녀도
아름다운 줄리엣과 비교하면 미녀가 아니어라.
지금 로미오는 사랑을 받으며 사랑을 하니
똑같이 미모에 현혹되었다.
허나 원수네 집 여인한테 애를 태워야 하고
그녀도 무서운 바늘에서
달콤한 사랑의 먹이를 훔쳐내야 한다.
원수의 몸이기에 가까이 가서 그는
흔히 하는 애인들의 맹세도 속삭일 수 없고
사모하는 마음은 간절하지만 그녀도
갓 사랑하는 님을 만날 길 없도다.
그래도 정열은 힘을 주어 만나게 하고
시간은 길을 열어 만나게 한다.
지극히 달콤한 사랑은
지극히 어려운 난관을 물리치는 법. (퇴장)

제2막

제1장 캐플리트 집의 정원

담장을 끼고 안에는 캐플리트 집 이층 창문이 보이고 바깥에는 한길이다. 로미오 홀로 한길에 등장.

로미오 마음이 이곳에 머무는데, 어찌 걸음을 뗄 수 있겠느냐? 되돌아가자, 이 둔한 잿더미 육신아. 네 생명의 중심을 찾는 거다.

담을 올라 정원으로 뛰어내린다.

벤볼리오와 머큐쇼가 한길로 등장.

벤볼리오 로미오! 어이, 로미오! 로미오!

머큐쇼 그 녀석 영리해서, 지금쯤은 집에 가서 푸욱 주무실 거다.

벤볼리오 이쪽으로 뛰어가다 이 정원수 담을 넘었어. 머큐쇼, 불러보게.

머큐쇼 주문을 외워서라도 불러내야지. 로미오! 익살꾸러기! 미치광이! 정열덩어리! 상사병에 걸린 놈아! 탄식하며 나타나라. 한 가닥 노래라도 부르면 나는 안심이다. '아아!' 라고만이라도 소리를 질러라. '사랑' 이라든가 '비둘기' 라고 외쳐라. 수다쟁이 비너스 여신에게 한마디라도 좋으니 달콤하게 속삭여다오. 비너스의 눈먼 장남이며 상속자인 젊은 아담 큐피드를 위해 별명을 지어

보라. 코페투아 왕이 큐피드의 화살을 얻어맞고 거지 계집을 사랑하게 되었다네. 이 사람아, 안 들리나? 꼼짝달싹 않네. 이 원숭이 녀석 죽었나. 주문을 외워야겠군. 수리수리사바하, 로잘라인의 맑은 눈동자를 걸고, 그녀의 높은 이마와 붉은 입술에 걸고, 예쁜 발목과 쭉 뻗은 곧은 다리에 걸고, 와들와들 떠는 종아리와 깊숙한 허벅지에 걸고, 자, 네 모습을 나타내라!

벤볼리오 들으면 화내겠다.

머큐쇼 화를 내긴 왜 내. 그녀의 이상야릇한 둥근 구멍 속에 혼을 불러 세워놓고, 그 여자 보고 주문을 외워 그 물건을 쓰러뜨리라고 한다면, 진짜 화를 낼는지도 모르지. 그건 좀 독살스러운 짓이야. 그러나 나의 주문은 그럴듯하고 반반해. 로미오의 애인 이름을 빌려 고 녀석을 끌어낼 생각뿐이니깐.

벤볼리오 그는 일부러 안개 낀 홍겨운 밤을 찾아 숲속에 숨었을 게다. 사랑에 눈이 어두웠기 때문에 어두침침한 것이 어울리거든.

머큐쇼 사랑이 눈이 없다면, 사랑의 화살은 과녁을 뚫지 못해. 지금 로미오는 비파나무 밑에 앉아서 자기 애인이 비파열매 같았으면 하고 바라고 있을 게다. 간혹 아가씨들이 그 열매 이름을 불러보고 혼자서 웃는다고 하지 않나. 아, 그 여자는 딱 벌어진 비파열매가 되고 로미오 자넨 기다란 배가 되고 싶겠지! 로미오, 잘 있거라. 난 싸구려 도르래 침대로 돌아가겠네. 이 들판의 야외 침대는 나에겐 너무 추워. 가세. 안 가려나?

벤볼리오 가세. 들키지 않으려고 숨은 자를 찾는다니 헛수고가 아닌가.

(벤볼리오와 머큐쇼 퇴장)

제2장 같은 장소

로미오 등장.

로미오 (앞으로 나오며) 상처의 아픔이라고는 눈곱만큼도 모르는 사람이 남의 상처를 보고 놀려대는 거다.

줄리엣, 이층 창문에 나타난다.

쉿! 저게 뭘까? 저 창문으로부터 새어 나오는 빛은 무엇인가? 저곳은 동녘, 줄리엣은 태양이다! 아름다운 태양이여, 솟아오르라. 시기하는 달님을 죽여다오. 달의 시녀인 그대가 주인보다 더 아름다운 탓으로 저 달은 시름에 잠겨, 병들어 창백해진 거다. 이젠 더 이상 달의 시녀가 되지 말아다오. 달은 시샘이 많은 여신이다. 그 시녀의 옷 색깔은 병들어서 파리하다. 바보만이 그런 옷을 입는다. 그 옷을 벗어던져라. 당신은 나의 님, 나의 사랑! 아, 당신이 이 마음을 알아줬으면! 입을 여네. 아무 말도 않고 있다. 내가 답을 해줘야지, 너무 뻔뻔스러운 것은 아닐까? 나한테 말을 하고 있는 것이 아닌데. 온 하늘 가운데 가장 아름다운 두 개의 별이, 볼일이 있어 잠시 갔다 오는 사이에 그녀에게 성좌에 남아서 반짝여달라고 저 두 눈동자에게 부탁하고 있는 중이다. 만약에 저 두 눈동자가 하늘에서 빛나고 하늘의 저 별들이 그녀의 얼굴에서 빛나고 있다면 어떻게 될까? 그녀의 반짝이는 두 뺨이 별들을 햇빛 속의 등잔불처럼 무색케 할 것이다. 하늘에 있는 그녀의 눈동자는 온 하늘에 가득히 빛을 발산하기 때문에 새들도 낮인 듯 착각하여 노래를 부를 것이다. 아, 저 보라, 손 위에 볼을 갖다대는 모습을! 바라건대, 저 손에 낀 장갑이 된다면, 저 볼에 닿아볼 수 있으면 얼마나 좋을까!

줄리엣 아아!

로미오 뭔가 말을 하고 있다. 오, 다시 한번 말해다오, 눈부신 천사여! 내 머리 위에서, 오늘 밤 이토록 찬란히 빛나는 당신. 날개 돋친 하늘의 천사가 둥둥 흐르는 구름을 타고 훨훨 허공 한복판을 지나갈 때 놀라서 허옇게 뒤집힌 눈으로 우러러 바라보는 인간들의 눈동자, 마치 그 눈동자에 비친 천사의 거룩한 모습과 꼭 같이 당신은 그 천사와 흡사하구나.

줄리엣 아, 로미오 님, 로미오 님, 어째서 당신은 로미오 님이신가요? 당신의 아버지는 아버지가 아니라고 부인하세요. 이름을 버리세요! 혹시 그것이 싫으시다면, 적어도 나를 사랑한다고 맹세해주세요. 그렇게 해주신다면 저도 이 순간부터 캐퓰리트의 이름을 버리겠습니다.

로미오 (방백) 더 들어볼까, 아니면 말을 걸까?

줄리엣 오직 당신 이름만이 저의 원수일 뿐이죠. 몬태규 집안 사람이 아니더라도 당신이 당신 자신임에는 변함이 없어요. 몬태규, 그것이 무엇입니까? 손도 아니고 발도 아닙니다. 팔도 아니고 얼굴도 아닙니다. 인간의 신체 어느 부분도 아닙니다. 부탁입니다. 다른 이름이 되어주세요! 하지만 도대체 이름이라는 것이 다 무엇입니까? 우리들이 장미라고 부르고 있는 저 꽃의 이름이 아무리 바뀌어도 향기로운 꽃향기에는 변함이 없어요. 로미오, 당신의 이름도 마찬가지예요. 이름이 로미오가 아니더라도 사랑스러운 그 완벽한 모습만은 남게 마련이죠. 로미오, 그 이름을 버리시고 당신의 힘줄도 살점도 아닌 그 이름 대신에, 나의 모든 것을 받아주세요.

로미오 말씀을 그대로 받아들이겠습니다. 단 한마디 나를 님이라 불러주오. 새로 세례를 받은 것과 같소. 지금 이 시간부터 나는 로미오가 아니오.

줄리엣 아니, 이렇듯 캄캄한 밤의 장막 속에 숨어 남의 은밀한 얘기를 엿듣는 당신은 누구세요?

로미오 이름으론 댈 수 없는, 당신에게 뭐라 알려야 할지 모르겠소. 거룩한 그대여, 내 이름은 당신네 원수의 이름이기 때문에 나 자신에게도 저주스럽소. 종이에 쓰인 것이라면 갈기갈기 찢어버리고 말 텐데.

줄리엣 아직도 당신의 말을 채 백 마디도 듣기 전입니다만, 그래도 당신의 말소리는 알겠어요. 몬태규 집안의 로미오가 아니세요?

로미오 당신이 둘 다 싫어하신다면 나는 그중의 아무것도 아닙니다.

줄리엣 이곳에 어떻게 무엇 하러 오셨어요? 담벼락이 높고 오르기가 힘든데. 게다가 신분 때문에 이곳에서 저희 집 사람에게 발각되면 당신은 죽음을 각오해야 할 텐데요.

로미오 사랑의 가벼운 나래를 타고 이 담벼락을 넘었지요. 돌담이라 한들, 어찌 사랑을 막아낼 수 있겠소. 할 수 있는 일이라면 사랑은 무엇이나 해냅니다. 그러니 당신네 집사람 정도가 어찌 사랑의 길을 막을 수 있겠소.

줄리엣 하지만 발각되면 죽어요.

로미오 그들의 칼끝이 스무 개인들 당신의 눈동자보다 더 무서울 건 없소! 당신의 포근한 눈짓이 있는 한 그들이 아무리 미워해도 나는 끄떡없소.

줄리엣 어떤 일이 있더라도 이곳에서는 들키지 않도록 해주세요.

로미오 그들의 눈을 피할 수 있는 밤의 외투 자락 속에 나는 숨어 있소. 그러나 당신이 나를 사랑해주지 않는다면 차라리 그들에게 잡히는 게 낫겠소. 당신의 사랑을 받지 못하고 구질구질하게 오래 사는 것보다는 차라리 그들의 증오심 때문에 살해당하는 편이 낫겠소.

줄리엣 누가 당신에게 이곳을 가르쳐주었나요?

로미오 사랑의 인도를 받았지요. 찾아볼 마음을 갖게 한 것도 사랑이오. 지혜를 빌려준 것도 사랑이오. 나는 다만 사랑에게 나의 눈을 빌려주었을 뿐입니다. 나는 길잡이는 아니지만, 당신과 같은 보배를 찾는 일이라면 천리길이건 만리길이건 바다를 헤쳐 가리다.

줄리엣 밤의 가면이 제 얼굴을 가리고 있어요. 그렇지 않았다면 저의 두 뺨이 소녀의 수줍음으로 빨개졌을 겁니다. 오늘 밤 당신이 제 말을 엿들었기 때문이죠. 할 수만 있다면 체면도 지키고 싶고, 여태껏 한 말을 부정하고 싶기도 해요. 하지만 겉치레는 싫어요! 저를 사랑하세요? 사랑한다고 말씀하시겠죠. 당신 말을 믿겠어요. 아무리 맹세하더라도 깨뜨릴 수 있는 일이죠. 연인들의 거짓말은 주피터 신께서도 웃고 만다니까요. 아, 사랑스러운 로미오 님, 저를 사랑해주신다면 정직하게 그렇다고 말해주세요. 너무 쉽게 저를 정복하셨다고 생각하시면 전 심통을 부리면서 찌푸린 상으로 당신을 멀리하겠어요. 그래도 당신은 계속 저에게 사랑을 호소해주셔야 해요. 안 그러신대도 어떻게 당신을 거절할 수 있을라고요. 사실은요, 아름다운 몬태규 님, 저는 당신을 사랑하고 있어요. 이렇게 말한다고 해서 저를 경박한 여인이라고 생각하진 마세요. 하지만 저는 신중한 척하면서 농간을 부리는 여자들보다 더 진실하다는 점을 증명해 보이겠어요. 저의 참사랑을 저도 모르는 새 고백한 것을 당신이 엿듣지만 않으셨다면 저는 좀 더 신중할 수 있었을 거예요. 그러나 경박한 사랑의 포로가 되었다고 해서 저를 책망하진 마세요. 오히려 캄캄한 밤 때문에 탄로 난 사랑이니까요.

로미오 아가씨, 과수나무 우듬지마다 은백색으로 물들이고 있는 저 아름다운 달빛에 걸어 맹세합니다.

줄리엣 달빛에 걸어 맹세하지 마세요. 다달이 그 둥근 모양을 바꾸어 나가는 저 변덕스러운 달을 두고 저 달처럼 당신까지 변하면 큰일입니다.

로미오 그러면 무엇에 걸고 맹세해야 하나요?

줄리엣 아예 맹세 같은 건 하지 마세요. 그러나 꼭 맹세를 하고 싶으시거든 로미오 당신 자신에 걸고 맹세하세요. 당신이야말로 제가 숭배하는 신이기에 당신의 말을 저는 믿겠습니다.

로미오 내 가슴에 소용돌이치는 이 사랑이…….

줄리엣 글쎄 맹세를 하지 마시라니까요. 당신과 만나니 기쁘지만, 오늘 밤의 이 맹세에 대해서만은 아무런 감동이 없어요. 이건 너무 느닷없고 너무 경솔하고 너무나 뜻밖이라서, "불빛 봐라" 말할 새도 없이 깜박이며 번쩍이다 꺼져가는 번갯불 같아요. 이제 그만 작별합시다. 이 사랑의 꽃봉오리는 한여름의 바람을 타고 자라나서 다음에 만날 때는 아름다운 꽃으로 피어날 거예요. 안녕히 주무세요, 안녕히 주무세요! 내 마음속에 깃들고 있는 이 달콤한 안식이 당신의 가슴속에도 함께 깃들기를 기원하겠어요!

로미오 아아니, 이토록 섭섭하게 그냥 헤어져야 합니까?

줄리엣 그럼 오늘 밤 어떤 만족을 누리셔야 하나요?

로미오 서로의 진정을 사랑의 맹세에 담아 나누어야 합니다.

줄리엣 요청하기도 전에 이미 저의 사랑을 당신에게 드렸잖아요. 할 수만 있다면 다시 한번 당신에게 드리고 싶지만요.

로미오 다시 회수하시는 겁니까? 님이시여, 무엇 때문에?

줄리엣 성의를 다하여 다시 한번 드리고 싶어서예요. 생각해보니 자기가 지니고 있는 것을 욕심내는 것 같군요. 저의 마음은 바다처럼 넓고, 저의 사랑은 푸른 바다처럼 깊어요. 당신에게 이 사랑을 바치면 바칠수록 그만큼 제 사랑도 넘치지요. 사랑을 바치면 바칠수록 그만큼 제 사랑도 넘치지요. 사랑과 바다는 무한하니까요. 안에서 누가 저를 부르고 있어요. 로미오 님, 안녕! (유모가 안에서 부른다) 곧 갈게요, 유모! 사랑스러운 몬태규 님, 한결같아주세요. 잠깐만 기다려주세요. 곧 다시 올게요. (줄리엣 퇴장)

로미오 아, 축복받은 밤이여, 행복한 밤이여! 지금 시간이 밤이니 혹시 이게 꿈이 아닐까. 너무나 행복해서 사실 같지 않다.

줄리엣, 창문에 다시 등장.

줄리엣 로미오 님, 한두 마디만 더 할게요. 그러고 나서 정말로 안녕이에요. 만약에 당신의 사랑이 진실한 사랑이고 진정 결혼을 원하신다면 내일 사람을 보낼 테니 언제 어디서 예식을 올리실 작정이신지 저에게 연락해주세요. 그러면 저는 모든 것을 당신의 발밑에 내동댕이치겠습니다. 그러고 나서 당신의 인도에 따라 세계 어느 곳이든 따라가렵니다.

유 모 (안에서) 아씨!

줄리엣 곧 갈게요. 당신의 맹세가 거짓이라면, 빌겠습니다. 제발…….

유 모 (안에서) 아씨!

줄리엣 곧 가요 — 이 얘기는 이만 할게요. 홀로 슬픔에 잠기렵니다. 내일 사람을 보내겠어요.

로미오 신에 맹세코…….

줄리엣 천 번이고 안녕히! (줄리엣 퇴장)

로미오 당신의 빛이 없으니 천 배나 마음이 울적하오. 애인들의 상봉이 마치 하굣길 후의 학동들처럼 즐겁다면 이별의 슬픔은 마치 등굣길의 어두운 표정과도 같다.

줄리엣 또다시 나타난다.

줄리엣 보세요, 로미오, 아 로미오 님! 숫매를 불러들이는 매사냥꾼의 목소리가 필요하네요! 나는 집에 갇혀 있어요. 그렇지만 않다면, 메아리 신령의 목소리가 나보다 더 쉬어빠질 때까지 공중에 울려 퍼지도록 로미오 님의 이름을 부르도록 할 수 있을 텐데.

로미오 내 이름을 부르고 있는 저 소리는 내 영혼인 줄리엣 소리다. 밤의 어둠을 타고 퍼져오는 연인의 목소리는 은방울처럼 아름답구나. 곤두세우는 귀에는 그 소리가 마치 보드라운 음악 같구나!

줄리엣 로미오!

로미오 네.

줄리엣 내일 몇 시쯤에 심부름꾼을 보낼까요?

로미오 아홉 시.

줄리엣 꼭 지키겠어요. 그때까진 아득한 이십 년의 세월. 왜 다시 당신을 불렀는지 용건을 까마득히 잊었네.

로미오 생각날 때까지 여기 서 있겠소.

줄리엣 당신을 그곳에 그대로 서 계시게 하려면 그냥 잊고 있으면 되겠네요. 오직 당신과 함께 있는 즐거움만을 생각하면서 말이에요.

로미오 그럼 당신이 그냥 잊고 있도록 나도 이곳 외의 다른 집은 다 잊고 여기 이대로 서 있겠습니다.

줄리엣 벌써 날이 밝아오네요. 이젠 돌아가세요. 하지만 장난꾸러기 손에 잡힌 한 마리 새보다 더 멀리 가시면 싫어요. 불쌍하게도 쇠사슬에 얽어 매인 죄수처럼, 잠시 동안 손아귀에서 풀어놨다가도 너무나 사랑하기때문에 장난꾸러기는 그 새의 자유가 금방 시샘 나서 그가 쥔 비단실을 다시 잡아당기지요.

로미오 당신의 새가 되었으면 하오.

줄리엣 저 역시 그래요. 너무 귀여워하다가 죽여버리면 어떻게 해요? 안녕, 안녕! 헤어지는 일은 달콤한 슬픔이기에 내일까지 계속 작별 인사를 드리고 있을래요. (줄리엣 퇴장)

로미오 당신의 두 눈에 잠이 깃들고, 당신의 가슴에 안식이 깃들라! 아, 그 잠이 되고 평화가 되어 고요히 당신 품에 묻혔으면. 이제부터 신부님 사제관에 가서 도움을 청하고, 나의 행운에 대해서 보고 드려야지. (퇴장)

제3장 로렌스 신부의 사제관(암자)

손에 바구니를 들고 로렌스 신부 등장.

로렌스 회색 눈을 한 아침이 밤의 찌푸린 얼굴에 미소를 던지며, 동편 하늘에 흐르는 구름자락에는 빛 무늬가 감돈다. 얼룩진 어둠이 주정뱅이처럼 휘청거리면서 태양신의 수레바퀴로 다져진 밝은 길에서부터 도망친다. 태양이 이글거리는 눈동자를 치켜올려 한낮의 기세를 올리면서 축축한 밤이슬을 말리기 전에 나는 독초와 귀한 약초들을 따서 이 바구니에 가득히 담아야 한다. 자연의 어머니인 대지는 동시에 자연의 무덤이기도 하다. 그 무덤이 또한 모태이기도 하다 그 모태에서 가지각색의 아이가 태어나서 어머니이신 자연의 가슴에서 젖을 빨고 있다. 여러 가지 훌륭한 약효를 지닌 것이 한두 가지가 아니며, 어느 식물이라도 약효가 있는 법이어서 그 효험은 가지각색이다. 아, 초목과 돌 속에는 그 본질에 따라 괴상한 약효가 있다. 이 세상에서 생명을 지탱해 나가는 것치고, 아무리 유해하다 할지라도 특별한 약효를 주지 않은 것이 없다. 그 반대로 아무리 유익한 것이라 할지라도 한번 올바른 용법을 그르쳐 버리면 본래의 성질에 어긋나 약용의 해독을 면치 못하게 될 것이다. 그 용법을 그르쳐 버리면 선도 악이 되고 그 용법을 살리게 되면 악도 때로는 유익한 기능을 수행하게 된다.

로미오, 몰래 들어온다.

이 작은 한 떨기 어린 꽃봉오리 속에는 독도 있고 약효도 있다. 그 성분은 맡아보면 알 수 있다. 이 꽃을 맡으면 온몸이 상쾌해지지만 입속에 넣으면 감각과 심장이 한꺼번에 멈춘다. 이 일은 초목에만 있는 것이 아니다. 인간 속에도 악과 선이라는 두 상극하는 힘이 있어서 악성이 번창하면 곧 죽음이라는 해충이 그 식물을 먹어치운다.

로미오 (앞으로 나서며) 안녕하세요, 신부님.

로렌스 너에게 축복이 있으라. 이른 아침부터 달콤한 말로 찾아드는 사람이 누구냐? 젊은이가 꼭두새벽에 잠자리를 떠난 것은 마음이 괴로운 증거로구나. 늙은이들 눈은 심기불편하면 밤샘 하는데, 심로가 싸이면 잠이 없다. 근심 걱정이 없는 젊은이가 사지를 쭉 펴는 곳엔 황금의 잠을 누릴 수 있다. 이렇게 일찍 일어난 것을 보니 틀림없이 마음의 번민 때문에 잠을 설쳤나 보다. 그것도 아니라면 우리 로미오는 잠자리에 들지 않았나 보다. 내 말이 맞았지.

로미오 네, 맞았습니다. 잠보다 더 달콤한 안식이었습니다.

로렌스 하느님 맙소사. 로잘라인과 함께 있었나?

로미오 로잘라인이요? 신부님, 어림도 없어요. 로잘라인이라는 이름은 말끔히 잊었습니다. 그 이름 때문에 생겼던 슬픔도 다 잊었습니다.

로렌스 착한 녀석! 도대체 어디 가 있었느냐?

로미오 다시 묻기 전에 대답하죠. 실은 원수네 집 연회에 참석했었는데, 그곳에서 갑자기 저는 깊은 상처를 입었습니다. 상대방도 물론 저 때문에 상처를 입었죠. 그런데 저희 둘은 신부님만 도와주신다면, 신부님의 치료 여하에 따라 이 상처가 아물 수 있습니다. 저에게 원한이 있어서가 아닙니다. 저의 이 소원은 저뿐만 이 아니라 상대방도 함께 약이 되어 구제될 수 있기 때문입니다.

로렌스 똑똑히 말할 수 없느냐. 솔직하게 말해다오. 흐리멍덩하게 참회하면 흐리멍덩하게 용서받을 뿐이야.

로미오 그러면 분명히 말씀드리겠습니다. 캐퓰리트네 집의 아름다운 딸에게 저의 진정한 사랑을 바쳤습니다. 그녀에게 저의 진정을 쏟고 있는 것처럼 그녀도 저에게 진정을 바치고 있습니다. 모든 것이 결합되었으며, 남은 일은 신부님의 힘으로써 하느님 앞에 맺어지는 것뿐입니다. 언제, 어디서, 어떻게 우리가 만나고 사랑을 호소하고 맹세를 나누었는지에 대해서는 차차 말씀드리겠습니다. 오늘 저희들이 결혼할 수 있도록 허락해주십시오. 이 소원만은 꼭 들어주셔야 합니다.

로렌스 깜짝 놀랄 일이다! 이게 무슨 변심이냐! 네가 그렇게 사모하던 로잘라인을 그토록 빨리 버릴 수 있느냐? 젊은이들의 사랑은 마음에 있지 않고, 눈 속에 있구나. 성모 마리아여! 로잘라인 때문에 너는 그 창백한 뺨을 무던히도 눈물로 적셨지. 그토록 많이 흘린 짠 눈물은 헛된 낭비가 되었구나. 이제 와서는 아무 맛도 없는 그 사랑에 간을 맞추려고 헛되이 뿌렸구나. 태양은 너의 탄식을 아직도 하늘에서 걷어들이지 않았을 테고, 귀익은 그전의 신음 소리는 아직껏 이 늙은이 귀에 쟁쟁 울리고 있다. 저것 봐, 너의 뺨에는 흘렀던 눈물 자국이 아직도 씻기지 않고 남아 있잖은가. 네가 아직도 변하지 않았다면, 그때 그 슬픔이 여전히 너의 슬픔이었다고 한다면 너 자신이나 너의 슬픔이나 모두 로잘라인 때문이었을 텐데. 네 인간 됨됨이가 변했느냐? 이 속담을 읊어보라 — 남자를 믿을 수 없으니 여자의 타락도 당연하다.

로미오 로잘라인을 사랑했을 때도 신부님은 저를 꾸짖었어요.

로렌스 얘야, 사랑한다고 꾸짖은 게 아니라 미친 듯 흠뻑 빠지니까 나무랐을 뿐이다.

로미오 저보고 사랑을 묻어버리라고 하셨지요.

로렌스 무덤 속에 하나를 묻고 또 다른 사랑을 파내라는 것이다.

로미오 제발 저를 꾸짖지 말아주세요. 이번에 사랑하는 여인은 정에는 정, 사랑에는 사랑으로 보답할 사람입니다. 로잘라인은 그렇지 않았습니다.

로렌스 참, 로잘라인이 잘 보았어. 너의 사랑은 겉핥기로 책을 암기하는 듯한 것이었어. 철자법도 모르면서 말이지. 하여간 해보자. 나와 함께 해보자, 어린 난봉쟁이야. 어느 면에서 너를 도와줄 수 있을 듯하다. 어쩌면 이 연분으로 양가의 원한을 진정한 애정으로 전환시키는 행운을 잡을 수도 있을 법해.

로미오 어서 가시지요! 마음이 조급해집니다.

로렌스 분별 있게 천천히. 급히 뛰면 넘어지는 법이다. (퇴장)

제4장 광장

벤볼리오와 머큐쇼 등장.

머큐쇼 도대체 로미오 녀석은 어디로 꺼졌지? 어젠 집에도 안 왔대?

벤볼리오 안 왔어. 그 집 하인에게 물어봤어.

머큐쇼 파리하고 매정한 바람둥이 로잘라인 이 계집년이 너무 괴롭혀서 정신이 휑 돈 게 아니야.

벤볼리오 캐퓰리트 영감의 친척인 티볼트가 로미오 부친에게 편지를 보냈대.

머큐쇼 틀림없이 도전장일 거다.

벤볼리오 로미오는 응할 거야.

머큐쇼 글줄깨나 쓰는 놈치고 답장 못 쓸 사람 어딨어?

벤볼리오 도전장을 받은 이상 응전의 회답을 쓸 것이란 말일세.

머큐쇼 아이고 맙소사. 불쌍한 로미오만 골로 가네! 창백한 계집년의 까만 눈에 찔리고, 귀는 사랑의 노래에 뚫리고, 심장 한복판은 눈먼 활쟁이 아이놈의 장난감 화살로 빠개지는데, 그 녀석 티볼트와 맞설 수 있을까?

벤볼리오 아아니, 티볼트가 뭔데!

머큐쇼 고양이 왕자(중세시대 민요에 등장하는 인물인데 이름이 티볼트이다-역자 주) 빰칠 놈이야. 예의범절도 썩 잘 지킨다나. 노래하듯 싸움을 한다지. 시간과 거리와 박자를 맞춰 가며 싸운다는 거야. 잠깐 쉬었다 하면, 하나, 둘, 셋 하며 가슴패기를 치고 들어온대. 비단 단추를 치는 백정 놈, 칼 쓰기론 일류요, 문벌로도 이름난 신사라, 격투에도 일일이 이유를 내세운다나. 아, 천하일품의 앞치기에 뒤치기로 한 대 먹어라 치고 들어온다!

벤볼리오 뭐가?

머큐쇼 저 되지 못한 말을 괴상하게 떠벌이는 빌어먹을 놈들, 저 신식 말이나 주워대는 꼴불견들 말이야, 몽땅 뒈져라! '이크, 대단한 칼 솜씨입니다요! 굉장합니다! 참 훌륭한 똥갈보외다!' 라고들 하는데, 여보게, 영감, 이거 한심한 일 아닌가. 저 뚱딴지 기생충 같은 놈들 때문에 우리가 이토록 시달려야 한다니, 내 원. 유행이나 좇는 놈들, 멋진 사랑 얘기만 주워대는 놈들, 신식이 아니면 얼굴을 들지도 못하고, 구식 의자에는 엉덩이가 저려 편히 앉을 수도 없다나? 어이구 내 뼈야, 어이구 내 뼈야 하는 놈들! 나는 그놈들을 증오한다!

로미오 등장.

벤볼리오 로미오가 온다, 로미오가 온다!

머큐쇼 얼빠진 건청어 같구나. 여봐, 이 사람아, 이 사람아, 어쩌면 그렇게 생선 꼴이 되었나. 페트라르카식의 노래를 짓는다고 그 꼴인

가. 로라(페트라르카의 애인-역자 주)도 그의 애인에 비하면 식모 꼴이라나 — 사실인즉 노래를 짓기에는 로라가 훨씬 나은 애인을 갖고 있었지 — 그뿐인가, 그의 애인에 비하면 디도는 추녀요, 클레오파트라는 집시, 헬렌(트로이 전쟁의 원인이 되었던 그리스의 미인. 파리스의 연인-역자 주)과 헤로(세스토스의 미녀. 헬리스폰트 해협 대안에 있는 레안드로스와의 비련으로 유명하다-역자 주)는 추잡한 갈보, 푸른 눈인가 뭔가를 가진 티스베도 어림도 없다. 로미오 낭군님, 봉주르(프랑스어로 '안녕하십니까'-역자 주). 그대가 프랑스식 헐렁바지를 입었으니 소생도 오늘은 프랑스식 인사를 올리겠나이다. 어젯밤 자네는 우리들을 골탕 먹였어.

로미오 다들 잘 있었나. 내가 무슨 골탕을 먹여?

머큐쇼 도망쳤지, 도망쳤어. 몰라서 물어?

로미오 미안하네, 머큐쇼. 중대한 일이었어. 그런 경우에는 사소한 결례쯤은 참아줘야지.

머큐쇼 그런 경우엔 무릎을 꿇고 굽실거리란 말인가.

로미오 그야, 인사 아닌가.

머큐쇼 참 그렇군.

로미오 점잖은 해석인걸.

머큐쇼 난 이래 봬도 핑크 꽃이야.

로미오 아, 핑크 꽃, 예절의 정화(精華)!

머큐쇼 맞았어.

로미오 내 신발이 꽃 모양일세.

머큐쇼 잘했어. 자네 구두창이 닳아빠질 때까지 말장난을 따라오게. 한 꺼풀 구두창이 닳아빠져도 농담은 천하일품으로 남는 법이네. 닳고 닳아빠져도.

로미오 닳고 닳은 농담에 닳고 닳은 구두창이라!

머큐쇼 벤볼리오, 한 다리 끼게! 내 잔꾀가 동났어.

로미오 치고 달려라, 치고 달려! 안 하면 승리는 내 것이다.

머큐쇼 기러기 쫓기 같은 기지 싸움에 난 손들었네. 자넨 그놈의 바보 기러기 같은 기지를 나보다 다섯 배나 더 갖고 있어. 이 싸움에서 너는 내 적수가 아니야.

로미오 이 일에 내 적수가 될 수 없으면 다른 일에는 어림도 없어.

머큐쇼 그런 농담하면 귀를 깨물 테다.

로미오 맙소사, 착한 기러기 나리, 깨물진 마소서.

머큐쇼 자네 독설은 맵싸해서 톡 쏘는 양념 같네그려.

로미오 기러기 요리엔 알맞겠지?

머큐쇼 기지가 망아지 가죽처럼 신축성이 있어서 한 치가 한 자로 척척 늘어나는구먼.

로미오 한번 늘일 대로 늘여볼까. 기러기에 늘인다는 말을 붙이면, 자네는 바보 기러길세.

머큐쇼 사랑에 냉가슴 앓는 것보다는 낫지. 로미오가 이젠 제법일세. 이제야 진짜 로미오로 돌아왔군. 어느 모로 보나 로미오 그대로다. 사랑 때문에 찔찔 짜지 말게. 지팡이를 구멍 속에 감추려고 축 늘어져 오르락내리락하는 꼬락서니란 꼭 바보 천치 같았어.

벤볼리오 그만둬, 그만해둬!

머큐쇼 누구 맘대로 그만두라는 거냐?

벤볼리오 내버려두지 않으면 얘기가 끝이 없겠어.

머큐쇼 허허, 자넨 잘못 봤어! 난 짧게 끝낼 참이었어. 내 얘기도 이젠 바닥이 나서 더 이상 늘어놓을 수도 없다네.

로미오 거 잘됐어!

유모와 하인 피터 등장.

배다! 배다!

머큐쇼 두 척이야, 두 척. 바지와 고쟁이다.

유 모 피터!

피 터 네에.

유 모 부채를 다오.

머큐쇼 피터, 낯을 가리신단다. 얼굴보다 부채가 더 낫지.

유 모 아침에 안녕들 하십니까.

머큐쇼 마님, 안녕은 합니다만, 벌써 저녁인뎁쇼.

유 모 아니, 벌써 저녁이라뇨?

머큐쇼 그럼요. 보시다시피 음탕한 해시계가 지금 정오의 꼭지를 꼭 누르고 있잖아요.

유 모 당치도 않은 소리! 별사람 다 보겠네!

로미오 마님, 이 사람은요, 제 자신을 부수려고 태어났답니다.

유 모 아이, 신통한 말도 다 쓰네. '자신을 부수려고 태어났다' 는 말은 썩 잘하셨어. 한데 신사분들, 말 좀 물읍시다. 이 중에 로미오 도련님이 어디 계신 줄 아시는 분 있어요?

로미오 말씀드리지요. 로미오 도련님은요, 당신이 찾을 때보다 찾고 났을 땐 이미 나이를 더 먹어버렸어요. 로미오라는 이름으론 제가 제일 어리지요. 하기야 이보다 더 못난 녀석도 없지만요.

유 모 말도 잘하셔.

머큐쇼 서툴수록 잘한다고 하네? 머리 하나 좋구나. 정말 똑똑하네, 똑똑해!

유 모 당신이 로미오 도련님이시라면, 조용히 드릴 말씀이 있습니다.

벤볼리오 만찬에 초대할 모양이지.

머큐쇼 나왔다, 나왔어! 토끼다, 토끼!

로미오 뭘 봤어?

머큐쇼 보통 토끼는 아냐. 파이에 쓰는 토끼가 아니라 케케묵어서 쓸모없는 갈보라네. (그는 그들 곁을 지나며 노래한다)

푸석푸석 늙은 토끼갈보
푸석푸석 늙은 토끼갈보
사순절엔 먹음직한 고기.
그러나 토끼는 늙은 갈보
비싸서 사기에도 꺼림칙해
쓸모없이 늙어버린 토끼갈보.

로미오, 자네 어르신네 댁으로 가세. 함께 식사나 하세그려.

로미오 곧 따라가겠네.

머큐쇼 마님, 안녕히 가세요, 안녕히. (그는 노래한다) '마님, 마님, 마님.'

(머큐쇼와 벤볼리오 퇴장)

유 모 잘들 가시우. 웬 양반들이 저리 입이 험하고 뻔뻔스러울까?

로미오 유모, 제멋에 겨워 마냥 지껄이는 친구들이죠. 한 달 걸려도 다 못 하는 소릴 일 분 만에 씨불여댄답니다.

유 모 내 험담만 했단 봐라, 때려눕힐 테다. 저보다 더 억센 녀석도 끄떡없어. 저따위 녀석 이삼십 명쯤이야 식은 죽 먹기다. 내가 할 수 없으면 해낼 수 있는 사람을 불러올 테다. 망할 자식! 내가 자기들 놀림감인 줄 아나. 난 그 흉악한 놈들 상대가 아냐. (피터에게 돌아서서) 너도 너지, 왜 우두커니 서서 멍청하게 보고만 있어? 그놈들이 몰려와서 희롱하는 것을 참고 견뎌야만 하는 거냐?

피 터 아무도 마님을 희롱하지 않았는데요. 그런 일이 있었으면 벌써 칼을 뽑았게요. 칼 뽑는 속도만은 번개 같습니다요. 물론 충분히 싸울 이유가 있고 정당한 명분이 서 있어야죠.

유 모 정작 어찌나 화가 나던지 분통이 터져 온몸이 떨린다. 망할 자식. (로미오에게) 그런데 말씀이에요, 도련님. 아까도 말씀드렸지만, 저희 집 아씨가요, 무슨 일이 있더라도 도련님을 뵙고 오라는 분부였습니다. 아씨가 말한 부탁은 저만 알고 있을라우. 근데 우선 말씀드릴 것은 저세상 말마따나 도련님이 우리 아씨를 바보의 천당으로 유혹해가겠다면 그건, 그들 말마따나 아주 몹

쓸 짓 아닙니까. 우리 아씨는 아직도 어린 풋내기라서요, 만약 에 아씨를 속임수로 농락하면 정말로 여자에게 행패가 되고 아주 비겁한 짓이 된다는 겁니다.

로미오 유모, 아씨에게 안부를 전해주오. 유모 앞에 맹세하지만…….

유 모 아이, 그럼요. 꼭 그대로 전해드립죠. 이거 참 아씨가 퍽 기뻐하시겠네.

로미오 아씨에게 뭐라 전하겠소? 유모는 내 말을 채 듣지도 않았잖소.

유 모 글쎄, 저 보기엔 도련님이 아주 신사 양반답게 맹세하셨다고 전하리다.

로미오 저 이렇게 전하시오. 오늘 오후 어떡하든 참회식에 나올 궁리라면, 로렌스 신부의 사제관에서 참회가 끝나는 대로 결혼식을 올릴 예정이라고 말하세요. 자, 이건 수고비요.

유 모 이러지 마십시오. 한 푼도 받을 수 없어요.

로미오 괜찮소. 받아두시라니까.

유 모 오늘 오후라고 말씀하셨지요? 예, 꼭 그렇게 하도록 전할게요.

로미오 유모, 당신은 수도원 담 뒤에서 기다려주오. 한 시간 후에 내 몸종이 사다리같이 얽은 줄을 가지고 갈 것이오. 밤의 장막을 타고 나를 행복의 절정으로 올려다 줄 줄이오. 잘 가시오. 실수 없이 하세요. 사례는 반드시 하리다, 안녕히. 줄리엣에게 안부 전하시오.

유 모 안녕히 계십시오. 아, 그런데 말씀이에요.

로미오 유모, 뭐죠?

유 모 도련님 몸종은 믿음직한 사람인가요? 속담에도 있듯이, 따로 듣는 사람이 없고, 두 사람끼리면 비밀은 안 샌다잖아요?

로미오 그 사람은 내가 보증하오. 단단하기가 강철 같소.

유 모 안심했어요. 워낙 우리 집 아씨는 귀여운 분이라서요. 아이고, 참 아씨가 어릴 적에 어리광을 피울 때 — 아, 그런데 이 고장에 패리스라는 귀족이 계시는데요. 우리 집 아씨에 대한 집념이 대단하시답니다. 아씨는 한다는 소리가 그 양반을 보느니 차리리 두꺼비를 보겠다잖아요. 패리스 양반은 훌륭한 남자라고 아씨의 기분을 잡치게 하면서까지 한 말씀 올렸죠. 그런데 말입니다. 제가 그렇게 말했을 때 벳조각같이 아씨의 얼굴빛이 창백해졌어요. 그런데 말씀이에요. 생각해보니 로즈메리나 로미오나 똑같은 문자로 시작되잖아요?

로미오 그렇소, 유모. 그게 어쨌다는 거요? 둘 다 'R'로 시작되죠.

유 모 농담 그만하세요! 꼭 개 이름 같구려. 'R'라는 문자는 — 아냐, 다른 문자로 시작된다고 나는 알고 있는데. 그건 그렇다고 하고, 아씨는 도련님 이름자와 로즈메리 꽃을 붙여서 참말 예쁜 문장을 만들겠지요. 도련님이 들으면 기뻐하실 테지.

로미오 아씨에게 안부를 전해주시오. (퇴장)

유 모 네엣, 천 번이라도 전합죠. 피터!

피 터 네에.

유 모 앞서라. 어서 가자. (두 사람 퇴장)

제5장 캐퓰리트 집의 정원

줄리엣 등장.

줄리엣 유모를 보냈을 땐, 아홉 시 종이 울렸지. 삼십 분 후에는 돌아온다고 약속했는데 아마도 만나지 못했나 봐. 아니, 그럴 리야 없겠지. 그래, 유모가 절름발이 같잖아! 사랑의 심부름은 나래 돋친 생각처럼 빨라야 해. 험준한 얼굴을 하고 있는 산 그림자를 쫓으면서 달리는 햇살보다도 사람의 생각은 열 배나 더 빠른걸. 그렇기 때문에 사랑의 여신의 수레는 날개도 가벼운 비둘기가 끌고, 질풍처럼 달리는 큐피드도 날개를 달고 있지. 태양은 그 여로의 정상에 다다르고 있으니 아홉 시부터 열두 시라면 꼬박 세 시간이 아닌가. 그런데 아직껏 유모는 돌아오지 않고 있어. 유모에게도 정이 있고, 젊고 뜨거운 피가 흐르고 있으면 테니스 공처럼 날아가줄 수 있을 텐데. 내 말이 떨어지기가 무섭게 님에게로 날아가면, 님의 말이 또한 나는 듯이 되돌아올 수도 있을 텐데. 늙은이들은 대개가 송장 같아서 무력하고 느리고 무겁고 핏기가 없는 것이 꼭 납덩이 같아.

유모와 피터 등장.

아, 드디어 왔구나! 유모, 어떻게 됐나요? 그분을 만났어요? 이 사람은 보내세요.

유 모 피터야, 문간에서 기다리고 있거라. (피터 퇴장)

줄리엣 자아, 유모……. 아 아니, 왜 그렇게 슬픈 표정이세요? 비록 슬픈 소식이라도 기쁘게 전하는 거예요. 만약에 좋은 소식이라면 그토록 찌푸린 상으로 전하지 마세요. 달콤한 음악 같은 소식을 망치면 큰일이에요.

유 모 아이 피곤해. 잠깐만 쉬어야겠다. 아이고, 뼛골이야! 얼마나 뜀박질했는지!

줄리엣 내가 내 뼈를 줄 테니, 소식을 말해줘. 자, 어서 말해봐요. 고마우신 유모님, 말해주사이다.

유 모 무엇이 그리 급할까! 잠깐 동안도 기다리지 못하나요? 숨이 차서 못 견디겠네.

줄리엣 숨이 차다뇨? 숨이 차다는 말을 할 수 있는데 어떻게 숨이 차담? 변명하느라 우물쭈물 보내는 시간이면 실컷 대답하고도 남겠어요. 좋은 소식이에요, 나쁜 소식이에요? 이 말에 어서 대답해. 어느 쪽인지 말하면 나머지는 천천히 들어도 좋아. 나 좀 안심시켜줘. 좋은 소식이야, 나쁜 소식이야?

유 모 원, 아씨도, 잘못 골랐어요. 남자 고르실 줄 통 모르셔. 로미오라니요? 안 돼, 안 되지. 상판대기는 그럭저럭 괜찮다 하고, 다리는 도저히 딴 남자와 비교할 수 없을 만큼 뛰어나고 손이다, 발이다, 몸집이다 하는 것은 따질 만한 가치도 없지만, 남과 비교할 수 없을 정도로 뛰어나긴 했어요. 예의범절의 꽃이라 할 순 없어도 어린 양처럼 얌전하더구먼요. 가서 하느님께 기도를 올리세요. 점심은 드셨나요?

줄리엣 아니요. 그런 얘기라면 그전부터 나는 알고 있었어. 결혼에 대해서 무슨 말이 없던가요? 듣고 싶은 것이 바로 그거예요.

유 모 아이고, 내 머리가 깨지겠네! 웬 골치가 이럴까! 산산조각이라도 나는 것처럼 골치가 마구 때리네. 뒷전에 있는 등허리까지 — 아이고, 내 등허리야, 등이여! 아씬 너무하셨어. 이 늙은이를 이리저리 뛰게 만들고. 정말이지 이 유모는 지금 죽을 지경이라우!

줄리엣 미안해요, 유모. 기분이 언짢은 모양이죠. 하지만 유모, 내가 정말로 좋아하고 좋아하는 착한 유모, 말해주세요. 나의 님이 뭐라 하시던가요?

유 모 그 애인 양반은 점잖은 신사답게 말하대요. 정직하고 공손하고, 친절하고 멋지고 그리고 내가 보증합니다만, 덕망 있는 신사처럼 말을 꺼내시더구먼 — 그래, 어머닌 어디 계셔요?

줄리엣 어머님 어디 계시냐고? 집 안에 계시지. 집 안에 안 계시고 어디 계시겠어. 유모 대답이 참 이상해. '너의 애인은 정직한 신사답게 말을 꺼내서' 라든가 '어머니 어디 계셔요?'는 도대체 무슨 뜻이죠?

유 모 아씨! 뿔이 나고 몸이 다는 모양이시지? 답답한 일이군. 이게 기껏 내 뼈아픈 데에 주는 약 값이에요. 앞으론, 전할 게 있으면 아씨가 직접 가시구려.

줄리엣 너무 수선을 떨며 과장하지 말고! 그런데 로미오 님은 뭐라 하시던가요?

유 모 아씨, 오늘 참회하러 가도 좋다는 허락받으셨지요?

줄리엣 받았지요.

유 모 그러면 곧 로렌스 신부님의 사제관으로 가세요. 아씨 낭군이 거기서 기다리고 있어요. 신부가 되는 거죠. 보시라니깐요, 벌써 들떠서 볼이 빠알개졌네. 무슨 말만 들었다 하면 금세 얼굴이 홍당무가 되는군. 곧 성당으로 가요. 유모는 딴 길로 가서 사닥다리를 갖고 와야 돼요. 밤중에 그 사닥다리를 타고 아씨 낭군이 새 둥지로 기어오르게 되어 있으니깐요. 이 유모가 하는 일은 밤낮 이런 허드렛일뿐이니. 그래도 아씨가 좋아하시는 일이라면, 그저 그만이에요. 그러나 오늘 밤에는 아씨가 짐을 질 차례지요. 어서 가봐요. 유모는 점심 좀 들어야겠어요. 어서 사제관으로 가세요.

줄리엣 행복을 찾아 길을 재촉하자! 착한 유모, 안녕. (퇴장)

제6장 로렌스 신부의 사제관(암자)

로렌스 신부와 로미오 등장.

로렌스 바라옵건대 신이여, 이 거룩한 예식에 미소를 던져주소서. 훗날에 슬픔으로 저희들을 책망하시지 마옵소서!

로미오 아멘, 아멘! 하지만 어떤 슬픔이건 오겠으면 오라. 그녀를 상면하여 순간적으로나마 나누는 기쁨과 맞바꿀 수 있는 슬픔이 이 세상에 있을까? 하느님의 말씀으로 저희들의 손을 결합시켜주십시오. 그러면 사랑을 삼키는 죽음이 무엇을 한들 제게는 상관없습니다. 줄리엣을 나의 님이라고 부를 수만 있으면 충분합니다.

로렌스 격렬한 기쁨은 격렬하게 끝장나는 법. 불과 화약이 서로 부딪치는 순간에 폭발하는 것처럼 승리는 곧 죽음이란다. 지나치게 달콤한 꿀은 달기 때문에 도리어 싫어지는 법이고, 맛을 보면 입맛을 버린다 하잖느냐. 그러니 사랑도 적당히 해야 한다, 이 말이다. 오래 계속되는 사랑은 모두 그러하거늘, 급히 가는 길은 살펴가는 길보다도 더디게 마련이다.

줄리엣 다소 빠르게 등장, 로미오와 껴안는다.

아씨가 왔다. 저 가벼운 걸음걸이로는 저 딱딱한 바닥 돌이 닳아버릴 날은 영원히 없으리라. 사랑을 하면 여름날의 바람에 살랑거리며 흔들거리는 거미줄을 타도 떨어지지 않는다고들 하지. 사랑의 희롱은 그토록 하염없는 일이니라.

줄리엣 신부님, 안녕하십니까.

로렌스 로미오가 우리 둘 몫까지 인사를 할 것이다.

줄리엣 그럼 로미오 님도 안녕하세요. 이렇게 인사를 한 번 더 드리지 않으면 너무 로미오 님의 인사가 황송해요.

로미오 오, 줄리엣, 당신의 기쁨과 나의 기쁨의 정도가 비슷하지만 당신이 그 표현을 더 잘한다면, 제발 당신의 말로 이 주위의 공기를 향기롭게 해주오. 그리하여 지금 우리 둘만이 알 수 있는 이 벅찬 재회, 꿈같은 행복을 낭랑한 목소리로 말해주오.

줄리엣 마음속의 생각이라는 것은 말보다도 내용이 더 충실한 법이오니 화려한 말보다는 실속 있는 내용을 더 자랑하세요. 가진 돈을 헤아리는 자는 모두 가난뱅이들이에요. 저의 진정한 사랑은 너무도 커져서 그 절반도 헤아릴 수 없어요.

로렌스 자아, 내 뒤를 따라오너라. 어서 예식을 끝내도록 하자. 성당이 너희 둘을 하나로 결합시키기 전엔 너희들끼리 내버려둘 순 없다. (퇴장)

제3막

제1장 베로나의 광장

머큐쇼, 벤볼리오, 이들의 하인들 등장.

벤볼리오 여봐, 머큐쇼, 돌아가자. 날씨가 무더운 데다 캐퓰리트 집 놈들이 활보하고 있다. 부딪혔다 하면 한바탕 싸움을 안 할 수 없어. 이렇게 더운 날엔 피도 미친 듯이 끓는다니까.

머큐쇼 주막집에 들어서자마자 상 위에 칼을 내던지고 '너 따윈 소용없다' 고 한마디 하고는 두 잔째 술잔이 돌아가자마자 난데없이 칼을 뽑고서는 종업원에게 대든다는 놈팡이가 있다더니, 자네야말로 꼭 그 녀석 닮았구나.

벤볼리오 내가 그런 작자라고?

머큐쇼 온 천지에 너같이 울뚝불뚝 화 잘 내는 사람은 없어. 금세 발끈 성미를 부려 기분을 상하는가 하면, 또 어느새 기분을 잡쳐 발끈하고.

벤볼리오 무엇 때문에 내가 화를 내겠어?

머큐쇼 글쎄, 자네 같은 자가 둘만 있어봐. 서로 죽자 사자 할 판이니, 둘 중에 남아날 게 있을까 보냐. 자네는 말이야, 턱수염이 자네보다 한 가닥 더 있거나 없다는 이유 때문에 싸움을 걸 놈이야.

자네는 말이야, 호두 까는 사람 보고도 싸움을 걸 놈이야. 이유가 뭔지 알아? 자네 눈빛깔이 호두 색이라 이거지. 도대체 자네 같은 눈알을 하지 않고선 그따위 싸움판을 캐낼 놈이 없단 말이다. 자네 대갈통은 가득 찬 달걀 속처럼 싸움으로 꽉 차 있어. 길바닥에서 기침을 크게 했다 해서 멱살 잡고 자네는 싸웠지. 양지에 자고 있는 자네 강아지 잠을 깨웠다는 핑계로 말이야. 어느 집 양복장이가 부활절 전에 새로 웃저고리를 지어 입었다고 해서 한바탕 윽박질렀지? 누구하곤 새 구두에 낡은 끈을 맸다고 싸웠지? 그런 자네가 나보고 싸움을 삼가라고? 웃기지 마!

벤볼리오 내가 자네처럼 싸우기 좋아한다면 내 목숨을 탈탈 떨어 판다쳐도 한 시간 십오 분짜리가 아닌가?

머큐쇼 탈탈 떨어 팔아? 바보 같은 소리!

티볼트, 그 밖에 몇 사람 등장.

벤볼리오 이크, 캐퓰리트 놈들이다.

머큐쇼 도망가진 않겠다. 오겠으면 오라지.

티볼트 내 뒤에 바싹 붙어 오너라. 내가 말을 건넬 테니. 안녕들 하십니까? 당신들 중의 한 사람과 몇 마디 나누고 싶소.

머큐쇼 아아니, 우리들 중의 한 사람과 몇 마디 나누고 싶어? 그 말에 아귀를 채우시지그래. 한마디와 한바탕 싸움이라고.

티볼트 한바탕 원하신다면 이쪽도 용의는 있소.

머큐쇼 내가 원하지 않더라도 네가 스스로 나설 수 없냐?

티볼트 머큐쇼, 너 이놈, 로미오와 한패가 되어 장단 맞추고 있지?

머큐쇼 뭐, 장단 맞춰? 아니 우리를 떠돌이 악사로 취급하시네. 멋대로 생각해라. 요란하고 시끄러운 소리를 들려주마. 여기 내 깡깡이 채가 있다. 춤 좀 추게 만들어주마. 망할 자식. 짝패라고!

벤볼리오 여긴 사람들이 붐비는 길 한복판이다. 조용하고 깊숙한 곳으로 가서 느긋하게, 불만이 있으면 서로 털어놓든가 아니면 헤어지든가 하자. 이곳은 사람들 눈이 많다.

머큐쇼 사람들 눈은 보라고 있는 거야. 실컷 보게 내버려두라지. 나는 말이다, 남의 비위를 맞추면서 우물쩍 물러서는 것은 질색이다.

로미오 등장.

티볼트 좋아, 자네와는 화해다. 저 녀석 이제 오는구먼.

머큐쇼 저 녀석이라니. 로미오가 네 종놈이란 말이냐. 그렇다면 내 목을 매달겠다. 네가 결투장으로 간다면 로미오는 끝까지 네 뒤를 따를 거다! 그런 뜻에서 각하께서는 그분을 대장부로 대우하셔야 마땅한 줄 아뢰오.

티볼트 로미오, 네놈한테 바칠 수 있는 말은 네놈이 악당이라는 것뿐이다.

로미오 티볼트, 나는 자네를 아껴야 될 이유가 있어. 그래서 보통 때 같으면 핏대 날 그런 무례한 인사에도 나는 꾹 참고 있는 것이라네. 나는 절대로 악당이 아니네. 자네는 아직도 나라는 인간을 모르고 있어. 이만 실례하네.

티볼트 그런 말로 네가 나에게 끼친 숱한 해독을 변명할 셈이냐. 돌아서서 칼을 뽑아라.

로미오 분명히 말해두지만, 내가 자네에게 무례한 짓을 한 적은 없어. 자세히 말해야 자네는 알아듣겠지만 나는 오히려 자네가 상상하는 것 이상으로 자네를 아끼고 있다네. 그러니 캐퓰리트, 진정하게. 캐퓰리트! 그 이름은 우리 집 이름만큼 내가 아끼고 소중히 여기는 것이라네.

머큐쇼 야, 비겁한 녀석. 더럽게 쩔쩔매고 있으니! 한칼이면 끝장나는 것 아니야. (그는 칼을 뺀다) 티볼트, 이 생쥐잡이 같은 놈, 어서 기어 나오라.

티볼트 날 어떻게 하겠다는 거냐?

머큐쇼 고양이 임금이시여, 그대의 아홉 개 목숨 가운데서 하나만 주십사 하는 겁니다. 앞으로도 네 태도 여하에 따라서 나머지 여덟 개를 차례로 때려눕혀보겠다는 얘기다. 칼자루를 잡고 칼을 쑤욱 뽑아보지 않겠어. 어서 빼. 네 칼집에서 칼이 나오기도 전에 내 칼이 네놈 귓전으로 날아갈 거다.

티볼트 좋다, 내 칼을 받아라. (그는 칼을 뺀다)

로미오 머큐쇼, 칼을 거둬.

머큐쇼 오라, 네놈의 돌격 솜씨로구나!

그들은 싸운다.

로미오 벤볼리오, 칼을 빼들고 이 사람들 칼을 쳐서 떨어뜨려. 여보게들, 제발 그만두게! 난동을 부리지 말게! 티볼트, 머큐쇼, 영주님의 엄명이시다. 베로나 거리에서 싸움은 금물이다. 그만둬, 티볼트! 여봐, 머큐쇼!

티볼트가 로미오 팔 밑으로 머큐쇼를 찌른다.

하인 1 티볼트 님, 도망치세요! (티볼트, 하인들과 퇴장)

머큐쇼 찔렸다. 두 집안이고 뭐고 몽땅 망해버려라. 난 끝장이로구나. 그놈은 상처도 안 입고 달아났지?

벤볼리오 뭐야, 다쳤어?

머큐쇼 긁혔어, 그저 긁혔을 뿐이야. 그래도 이만한 상처면 충분해. 내 종놈은 어디 갔어? 인마, 어서 가서 의사를 불러와. (하인 퇴장)

로미오 용기를 내게. 그리 깊은 상처는 아니야.

머큐쇼 우물보다야 얕고, 교회문같이 넓진 않아도 이만한 상처면 충분해. 충분히 효력이 있을걸. 내일이면, 나는 무덤 속이야. 농담이 아니야. 이젠 이 세상과도 하직하누나. 두 집이 몽땅 망해버려라! 제기랄, 강아지 한 마리, 생쥐 한 마리, 고양이 한 마리가 사람을 할퀴어 죽이다니! 셈본책을 들여다보며 칼싸움하는 허풍쟁이 악당, 깡패 녀석! 너는 왜 이 판국에 뛰어들었느냐? 네 팔뚝 아래로 찔렸어.

로미오 모두 좋도록 하자는 생각이었지.

머큐쇼 벤볼리오, 나를 집으로 데려가게. 기절할 것만 같네. 두 집안이 몽땅 망해라! 날 구더기 밥으로 만들다니. 완전히 당했다. 네놈

들 두 집안! (머큐쇼와 벤볼리오 퇴장)

로미오 저 사람은 영주님의 근친이요, 나의 친한 벗이었다. 그런데 나 때문에 치명상을 입었으니. 티볼트의 폭언은 나의 명예를 더럽혔다. 한 시간 전에 나와 친척의 연분이 맺어진 그 티볼트가! 오, 줄리엣, 그대의 아름다움이 나를 겁쟁이로 만들었고, 내 용기의 강철을 녹여버렸다!

벤볼리오 등장.

벤볼리오 오, 로미오, 로미오, 용감한 머큐쇼가 죽었어! 기고만장하던 그의 영혼이 구름을 향해 날아올랐지만, 너무도 엉뚱한 때에 이 세상을 마다했네.

로미오 오늘의 이 불행은 결코 이것으로 끝나지 않을 것이다. 문제는 지금부터다. 오늘의 일은 다만 시작일 뿐, 이윽고 앞날에 결말이 날 것이다.

티볼트 등장.

벤볼리오 성난 티볼트가 되돌아왔어.

로미오 머큐쇼를 살해하고, 너는 펄펄 살아서 승리감에 도취되고 있구나! 이젠 관대한 처분이란 있을 수 없다. 그따위는 하늘에 팽개치자! 불꽃이 되어 타오르는 분노심이여, 나를 인도해다오! 야, 티볼트, 아까 네놈이 나를 악당이라고 했지. 네놈한테 그것을 되돌려주마. 머큐쇼의 혼백은 아직도 우리들의 머리 위를 서성

대고 있을 것이다. 그의 길동무는 네놈의 영혼이다. 머큐쇼는 그것을 기다리고 있을 거다. 자, 네놈이냐, 나냐. 어느 쪽이 그의 길동무가 될 것인가. 아니면 둘 다 머큐쇼를 뒤따를 것인가.

티볼트 이 녀석, 이 세상에서도 네놈은 그의 짝이었지. 저세상에서도 정다운 짝패가 돼라.

로미오 이 칼이 그것을 결정지어줄 것이다.

그들은 싸운다. 티볼트가 쓰러진다.

벤볼리오 로미오, 어서 도망쳐라! 시민들이 떠들썩하다. 티볼트가 죽었다. 멍청하게 서 있지 마라. 잡히면 사형선고다. 빨리 도망쳐라!

로미오 오, 나는 운명의 꼭두각시.

벤볼리오 무엇 때문에 우물쭈물하는 거야?

로미오 퇴장. 시민들 등장.

시 민 머큐쇼를 죽인 놈은 어디로 달아났어? 살인자, 티볼트는 어디로 도망갔나?

벤볼리오 티볼트는 저기 쓰러져 있소.

시 민 일어나서 같이 가자. 영주님의 이름으로 너를 체포하겠다.

영주가 부하들과 등장. 몬태규, 캐퓰리트, 그 부인들과 전체 등장.

영 주 이 싸움을 시작한 불한당은 어디 있느냐?

벤볼리오 아, 영주님, 이 무서운 싸움의 자초지종을 제가 말씀 올리겠습니다. 로미오가 죽인 남자가 저기 쓰러져 있습니다. 그가 영주님의 친척이신 머큐쇼를 죽였습니다.

캐플리트 부인 티볼트야, 이런 변이 있담. 내 조카, 아, 오빠의 아들이! 오, 영주님! 오, 티볼트여! 주인 양반! 내 사랑하는 친족이 피를 흘렸어요! 공정하신 영주님, 우리 집안 사람이 흘린 피의 대가로 몬태규의 집안 사람도 피를 흘리게 해주십시오. 아, 나의 조카 티볼트가!

영 주 벤볼리오, 누가 이 피비린내 나는 싸움을 시작했는가?

벤볼리오 여기 죽어서 쓰러져 있는 티볼트, 로미오가 죽인 티볼트가 시작했습니다. 로미오는 온화한 말투로 싸움이란 부질없는 짓이라고 말하면서 전하의 노여워하심을 덧붙이며 그의 반성을 촉구하였습니다. 조용한 말로, 부드러운 표정으로, 무릎까지 굽실거리며 말했습니다만, 티볼트는 화해 따위에는 전혀 귀를 기울이지 않았습니다. 그의 격한 분노를 누그러뜨릴 길이 없었습니다. 그뿐이겠습니까. 칼을 뽑아 들고 혈기왕성한 머큐쇼의 가슴팍을 겨냥하며 대들었습니다. 그랬더니 머큐쇼도 이에 질세라 맹렬한 기세로 뛰어들며 욕설을 퍼부었습니다. 한 손으로 싸늘한 죽음의 칼날을 쳐 젖히며, 다른 손으로 상대방을 되받아치며 응수하였습니다. 티볼트의 솜씨도 여간 좋은 것이 아니어서 쳐오는 칼을 재빨리 막으며 되받아치곤 했습니다. 바로 그때 로미오는 목청을 돋워, '그만해둬, 이 사람들아, 물러나라!' 라고 고함을 질렀습니다. 소리보다도 더 빠르게 그의 재빠른 솜씨는 두 사람을 한꺼번에 때려잡으며 그 둘 사이로 파고들어 갔습니다. 그런데 로미오의 팔 아래로 원한 맺힌 티볼트의 일격이 늠름한 머큐쇼에게 치명타를 안겨줬습니다. 그러자 티볼트는 그 자리를 피해 도망쳤습니다. 그러나 그는 금방 되돌아왔습니다. 복수심에 가득 찬 로미오가 번개처럼 그에게 대들어 둘의 칼싸움이 시작됐습니다만, 둘을 떼어놓을 여유도 없이 그토록 완강했던 티볼트는 어느새 칼에 찔러 쓰러졌습니다. 로미오는 홱 돌아서서 도망쳤습니다. 이것이 이 사건의 진상입니다. 티끌만큼이라도 거짓이 있다면 이 벤볼리오의 목을 쳐주십시오.

캐퓰리트 부인 이 사람은 몬태규 일족입니다. 그의 편애가 허위진술을 하고 있습니다. 이 싸움에는 스무 명의 사람들이 몰려들어 한 사람의 목숨을 빼앗아갔습니다. 영주님, 공정한 판결을 내려주소서. 꼭 그러셔야 합니다. 로미오가 티볼트를 살해했습니다. 로미오를 살려둘 수 없습니다.

영 주 티볼트를 죽인 것은 로미온데, 그 티볼트가 머큐쇼를 또한 죽였다. 그 피의 대가는 누가 보상할 것이냐?

몬태규 전하, 로미오가 아닙니다. 그는 머큐쇼의 친구였습니다. 죽인 것은 잘못이지만, 국법이 명하는 바에 의하여 티볼트의 생명을 끊었습니다.

영 주 그 죄의 대가로 로미오를 즉시 이곳으로부터 추방키로 한다. 너희들의 증오심으로부터 연유한 이 불행에 대해서 난들 어찌 관계가 없을쏘냐. 너희들의 망측한 이 싸움 때문에 내 친척이 피를 흘렸다. 너희들이 내 손실을 깊이 뉘우칠 정도의 엄벌을 너희들에게 내리겠다. 청원이나 변명은 일체 듣지 않겠다. 눈물이나 기도로도 너희의 죄과를 메울 수 없다. 따라서 그런 따위 일은 일체 효력이 없다. 로미오는 곧 떠나보내라. 이곳에서 발각되면 당장 사형이다. 이 시체를 운구하라. 그러고 나서 나의 명령을 기다리고 있으라. 살인을 용서하는 자비심은 또 하나의 살인을 조장할 뿐이로다. (일동 퇴장)

제2장 캐퓰리트의 집, 들창 있는 방

줄리엣 홀로 등장.

줄리엣 달려라 태양신의 숙소로, 불붙는 발을 가진 망아지들아! 파에톤(그리스 신화에 나오는 태양신 헬리오스의 아들로 태양의 수레를 단 하루만 몰도록 허락을 받았지만 나머지 궤도로부터 벗어나서 지상에 너무 가까이 접근했기 때문에 큰 화재를 일으켰다–역자 주)이 그대를 몰았으면 힘껏 그대를 몰아 즉시 컴컴한 밤을 가져다줬을 텐데. 사랑의 무대인 밤이여, 그대의 빈틈없는 휘장을 둘러쳐다오. 방랑자의 눈을 막기 때문에 나의 사랑 로미오 님이 남의 입에 오르지도 않고 남의 눈에 띄지도 않으면서 이 팔 안으로 뛰어들 거다. 애인끼리는 자기들의 아름다움을 등불로 삼아 사랑의 행사를 볼 수 있다는데, 사랑이 맹목이라면 밤은 캄캄할수록 어울리는 법. 오너라, 밤이여. 온통 검게 옷을 차려입은 엄숙한 마님의 밤이여. 바라옵건대, 순결한 처녀 총각의 승부에 있어서 이기면서도 지는 법을 가르쳐주오. 나의 두 뺨에 달아오르는 순정의 피를 네 검은 외투로 씌워다오. 그렇게 하면 틀림없이 나의 설익은 사랑도 대담해져 한낱 수줍음도 참사랑 때문에 그리 된 걸로 보이게. 아, 밤이여, 어서 오너라. 밤을 낮처럼 환히 밝히시는 로미오 님이시여, 당신도 어서 오세요. 당신은 밤의 날개 위에 내릴 테죠. 까마귀 등 위에 내리는 새하얀 눈송이보다 더 깨끗하신 당신. 오너라, 정다운 밤이여. 겉으론 검지만 속으론 다정한 사람의 밤이여, 어서 오너라. 와서 내게 로미오 님을 다오. 내가 죽으면 로미오 님을 데려가서 작은 별로 조각내어라. 그러면 하늘은 얼마나 찬란할 것인가. 얼마나 아름다울 것인가. 사람들은 캄캄한 밤을 사랑하게 될 거다. 저 찬란한 태양을 다신 숭배하지 않을 거다. 아, 나는 사랑의 저택을 사놓고도 그걸 아직 소유하지 못하고 있네. 아, 이 몸은 임자가 있지만 아직껏 귀여움을 못 받고 있네. 아, 오늘의 이 지루함이여, 잔칫날 새 옷을 받고서도 입지 못하고 안타까워하는, 잔칫날 전날 밤의 어린아이 같구나.

유모가 줄사다리를 들고 등장.

아, 유모가 온다. 무슨 소식이 있는 모양이다. 로미오 님의 이름만이라도 말할 수 있다면, 천사의 웅변이 아니고 무엇이랴. 자, 유모, 무슨 소식이오? 그건 뭐요? 아, 로미오 님이 부탁하신 줄사다리로군?

유 모 그래요, 줄사다리예요. (유모는 줄사다리를 철썩 내려놓는다)

줄리엣 그런데 어찌 된 영문이에요? 손은 왜 비비는 거죠?

유 모 오호라! 그분이 죽었어요, 죽었어, 죽었어요! 아씨, 우리는 이제 끝장났어요. 끝장났어요! 아, 슬프구나, 그분이 돌아가셨어. 칼을 맞고 죽었어요!

줄리엣 하늘이 그렇게 무정할 수 있어요?

유 모 무정하신 분은 하느님이 아니라 로미오 님이세요. 아, 로미오, 로미오, 로미오! 로미오 님이 그럴 줄은 누가 생각이나 했겠어요.

줄리엣 이렇게 나를 답답하게 괴롭히고만 있으니, 유모는 확실히 악마야, 악마! 그런 지독한 말은 지옥에나 가서 지껄여요. 로미오 님이 자살이라도 하셨단 말씀인가? 그렇다면 '그렇다' 고 대답해 줘요. 그 '그렇다' 라는 대답 한마디는 나에게 있어선 눈짓 한 번에 사람을 죽이고 만다는 독룡보다도 더 무서운 독을 품고 있어. 만약에 그런 대답이 이 세상에 있다면 나는 두 번 다시 '네에' 라는 말을 하지 않으련다. '네에' 라고 말하는 눈은 분명 감겨 있을 거야. 그이가 죽었다면 '네에' 라고 대답하고, 그이가 살아 있으면 '아니' 라고 그래요. 유모의 답변 여하에 따라서 내 행불행이 결정되니까.

유 모 이 유모는 상처를 빤히 들여다보고 왔어요. 이 눈으로 똑똑히 보고 왔다니깐요. 맙소사! 그 우람한 가슴팍에 상처가 나 있었어요. 피투성이였지요. 보기에도 끔찍한 시체로 변해 있었지요. 안색은 잿빛같이 창백했습니다. 온몸에 피가 묻어 엉겨 있었습니다. 이 유모는요, 얼핏 한번 보기만 했는데도 넋이 빠져버렸어요.

줄리엣 오, 터져라! 이 가슴아, 가련한 파산자의 이 심장이여, 터져라! 내 눈이여, 차라리 감옥으로 가라. 두 번 다시 자유를 보지 말라! 더러운 흙 부스러기인 육체여, 흙으로 다시 돌아가도 좋다. 모든 작용을 중단하고, 로미오 님과 함께 관대(棺臺)에서 하나가 되어 누워라!

유 모 오, 티볼트, 티볼트 님, 이 세상에서 가장 절친했던 분이셨어! 예절이 깍듯했고 정직했던 신사였는데, 살아남아서 그대의 죽음을 목격하다니!

줄리엣 웬일이에요? 별안간 바람이 거꾸로 불어 젖히다니, 이상한 폭풍이군요. 로미오 님이 살해되고, 티볼트가 죽었단 말인가요. 내 가장 사랑하는 오빠와 그리고 내 사랑하는 님이? 아, 그렇다면, 이 세상도 종말이로구나. 마지막 심판의 나팔을 울려라! 그 두 분이 돌아가셨는데, 누가 남아서 산다더냐?

유 모 티볼트는 죽고, 로미오는 추방당했어요. 로미오가 티볼트를 죽였지요. 그래서 추방이에요.

줄리엣 아, 어쩐 일이냐! 로미오 님의 손으로 티볼트의 피를 흘리게 하다니?

유 모 그렇게 됐어요! 그렇게 됐어요. 불쌍하게도 그렇게 됐어요!

줄리엣 아, 꽃 같은 얼굴 속에 숨겨진 독사의 마음이여! 그토록 무서운 용이 그렇게 아름다운 동굴 속에 살아본 일이 있었을까? 아름다운 폭군이여! 천사 같은 악마여! 비둘기 깃털을 쓴 까마귀! 늑대처럼 잔인한 새끼 양! 하느님의 모습을 닮고 있으면서도 속은 시커멓게 더럽구나! 도대체 겉모습과는 정반대로구나. 지옥의 성자! 명예 높은 악당! 아, 자연이여! 이 세상의 낙원처럼 보이는 그 아름다운 육체 속에 악마의 혼을 깃들게 했으니 지옥에서도 큰 소동이었을 것이다. 하지만 이토록 아름답게 장정된 책에 그토록 더러운 내용이 들어 있었을까? 이토록 아름다운 궁전에 그런 허위가 살아 있을 줄이야!

유 모 남자들에게 무슨 신용과 정직과 신념이 있겠어요. 누구나 다 거짓말로 맹세하고, 그 맹세를 툭하면 깨뜨리고 하는 거짓말쟁이들이죠. 내 심부름꾼은 어디 갔어? 술잔이나 들이키자. 이런 슬픔과 괴로움과 불행 때문에 폭삭 늙네. 로미오 망나니 녀석!

줄리엣 말씀 다 하셨나요? 그런 말 하시면 유모 혓바닥이 썩어요! 로미오 님은 창피한 꼴을 보기 위해서 이 세상에 태어난 것은 아니에요. 그이 이마에는 그따위 욕설이 부끄러워서 내려앉질 못해요. 그이 이마야말로 명예가 천하에서 으뜸가는 제왕으로서 군림하실 옥좌예요. 그이에게 내가 악담을 하다니, 나야말로 형편없는 인간이로구나!

유 모 그럼, 아씨는 일가 친척을 죽인 그 사람을 칭찬하겠어요?

줄리엣 내 서방님의 험담을 해도 좋다는 얘기야? 아, 내 잘못이다. 세

시간 동안이나 당신의 아내였던 내가 이제야 당신의 이름을 마냥 더럽혔으니 누가 이 일을 원상태로 돌려주겠는가? 하지만 당신은 나빠요. 무엇 때문에 오빠를 죽였어요? 그러지 않았으면 티볼트가 당신을 죽였을지도 모르죠. 아, 어리석은 눈물이여, 원래의 샘으로 다시 돌아가라! 너의 그 눈물방울은 원래가 슬픔을 위해서 있는 것이 아닌가. 그런데 잘못 판단하여 즐거운 일에 바치고 있으니. 티볼트가 죽이려고 했던 우리 로미오 님은 살아 있는데, 로미오 님을 죽이려 했던 티볼트가 죽었구나. 이 모든 일이 그저 기쁠 따름인데, 나는 무엇 때문에 울고 짜는가? 티볼트의 죽음보다도 더 나쁜 한마디가 나를 죽였네. 될 수 있으면, 기쁘게 잊고 싶다. 아아, 하지만 그 한마디는 마치 죄인의 마음속에 늘 얼씬거리는 무서운 죄처럼 나의 기억을 괴롭히누나 — '티볼트는 죽고, 로미오 님은 추방입니다.' 그 말 한마디 '추방' 속에, 추방이라는 말 한마디는 티볼트를 일만 명 죽인 것이나 한가지. 티볼트의 죽음, 그것만으로도 너무한 슬픔인데, 불행이란 것은 동반자를 갖고 싶어 하는군. 또 다른 슬픔과 꼭 함께 들이닥친다니. 그건 그렇다 하더라도, '티볼트가 죽었다' 는 말 다음에 어찌하여 아버지, 어머니, 아니면 두 분 다 함께라도 좋지만, 그런 말이 뒤따르지 않았는가? 그렇다면 흔해 빠진 통곡만으로 그칠 수도 있었다. 그러나 티볼트가 죽었다는 말끝에 '로미오 님은 추방' 이라니, 그것은 아버지, 어머니, 티볼트, 로미오, 줄리엣 — 모두가 살해되어 죽은 것과 마찬가지다. '로미오 님은 추방' 이라는 무서운 한마디 속에는 끝도 없고 한계도 없고 양도 없고 경계도 없다. 죽음이라는 단어는 어떤 단어도 표현할 수 없는 슬픔이다! 유모, 아버지와 어머니는 어디 계셔?

유 모 티볼트의 시체 앞에서 눈물을 뿌리시며 아우성이십니다. 그쪽으로 가보실래요? 이 유모가 모셔가리다.

줄리엣 티볼트의 상처를 그들은 눈물로 닦아내고 있구나. 그들의 눈물이 동이 나면 나의 눈물은 로미오 님의 추방을 슬퍼하며 뿌릴 것이다. 그 줄사다리를 치워버려라. 불쌍한 줄사다리, 너나 나나 둘 다 속았구나. 로미오 님은 추방이시래. 일부러 내 침실로 오는 통로로서 너를 만들었지만 처녀인 나 줄리엣은 처녀 과부로 죽을 수밖에 없다. 줄사다리여, 가자. 유모여, 가자. 나의 신방으로 가서 신부의 잠자리에 들자. 그러나 나의 처녀를 바치는 것은 인제 로미오 님을 위해서가 아니라 죽음을 위해서라니!

유 모 자, 속히 아씨 방으로 가십시다. 아씨를 기쁘게 하기 위해서 로미오 님을 찾아보리다. 로미오 님이 계신 곳을 이 유모가 알고 있어요. 알겠어요, 아씨, 로미오 님은 오늘 밤 틀림없이 이곳에 오십니다. 그러면 다녀오리다. 로미오 님은 로렌스 신부의 사제관에 숨어 있어요.

줄리엣 아, 그이를 찾아줘! 이 반지를 나의 그리운 님에게 갖다줘요. 마지막 작별을 나누기 위해서 꼭 오십사고 말해줘요.

줄리엣과 유모 퇴장.

제3장 로렌스 신부의 사제관(암자)

로렌스 신부 등장.

로렌스 로미오, 밖으로 나오지그래. 겁쟁이 로미오, 밖으로 나오너라. 재앙이 네 재간에 홀딱 반했는지, 자넨 마치 재앙과 인연을 맺은 것 같구나.

로미오 등장.

로미오 신부님, 무슨 소식입니까? 영주님의 판결은 어떻게 났습니까? 어떤 슬픔이 제가 모르는 새 슬금슬금 제게로 다가와 나와 사귀자는 겁니까?

로렌스 너는 슬픔과 사귈 만큼 깊이 사귀었어. 그만하면 가여울 정도로 충분하지. 영주님의 판결 소식을 갖고 왔다.

로미오 영주님의 판결이 사형은 아니겠지요?

로렌스 그래, 영주님의 판결은 훨씬 더 관대한 것이었다. 사형이 아니라 추방이다.

로미오 뭐요? 추방이라? 자비를 베푸시려면 사형이라고 말해주십시오. 왜냐하면 사형보다도 추방이 더 무섭기 때문입니다. 추방만은 입 밖에 내지 마십시오.

로렌스 이곳 베로나로부터 추방된다는 뜻이야. 참고 견디려무나. 이 세상은 넓고 크다.

로미오 베로나 담 밖에는 세상이 있을 수 없습니다. 어느 곳이나 연옥이요, 고문이요, 지옥입니다. 따라서 추방이라는 것은 이 세상으로부터의 추방을 뜻하며, 세계로부터의 추방은 곧 죽음입니다. 따라서 추방이라는 것은 사형의 미명에 지나지 않습니다. 사형을 추방이라고 하는 것은 마치 금도끼로 목을 쳐서 죽이고, 그 솜씨를 자랑하며 신나게 빙그레 웃는 것과 같습니다.

로렌스 무서운 소리, 또 벌받을 소릴 하는구나! 배은망덕이로다! 법으로 따지면, 네 죄는 당연히 사형감이야. 그것을 영주님은 네 편을 들어서 사형이라는 무서운 선고를 관대히 추방으로 바꿔주신 거야. 이는 실로 자비로우신 일인데, 너는 그것을 알지 못하고 있어.

로미오 자비심이 아니라 고문입니다. 줄리엣이 살고 있는 곳이 천당이죠. 고양이도 개도 생쥐도 아무리 보잘것없는 생물이라 할지라도 이곳에서 살면 천당에서 사는 것과 같아서, 모두들 줄리엣의 얼굴을 우러러보며 살 수 있는데, 이 로미오에게는 그 일이 금지되어 있다는 겁니다. 썩은 고기에 들끓고 있는 파리가 이 로미오보다 더 사는 보람이 있고 즐거움도 있으며, 그 신분이 부럽기조차 합니다. 그들은 때때로 사랑하는 줄리엣의 눈처럼 흰 손을 잡을 수도 있고, 그 입술에서 영원한 축복을 빨기도 하지요. 줄리엣의 입술은 순결한 처녀의 수줍음으로 위아래 입술이 닿기만 해도 죄가 되는지 항상 불그레합니다. 파리조차 할 수 있는 일을 저는 추방되면서 할 수 없습니다. 그래도 추방이 죽음이 아니라고 신부님은 말하실 수 있습니까? 로미오는 추방된 탓으로 아무 일도 할 수 없습니다. 파리조차 할 수 있는 일을 나는 버리지 않으면 안 되는군요. 파리가 오히려 자유로운 몸이지요. 저는 추방된 죄인입니다. 죽이는 방법이 없어서 추방입니까? 독약이라도 좋고 날카롭게 날을 세운 단검이라도 좋고, 그밖에 어떤 비겁한 살인방법이라도 좋았을 터인데, 하필이면 추방이라니 될 일입니까? 오, 신부님, 추방이라는 단어는 지옥에 떨어진 저주받은 인간들이 쓰는 말. 그 말에는 아비규환의 울부짖음이 따르는 법. 하느님께 봉사하는 당신이, 참회를 듣고 죄를 용서하며 저의 변함없는 친구임을 자부하는 당신이, 하고많은 단어 중에서 추방이라는 한마디로써 저를 죽이고도 마음이 편할 수 있으십니까?

로렌스 미친 소리다. 좀 더 내 말을 들어보라.

로미오 추방에 관한 말씀을 더 하시려고요?

로렌스 아니다, 그 단어를 물리칠 수 있는 갑옷을 주려고 한다. 고난을 덜어주는 달콤한 우유인 철학을 주려고 한다. 비록 너는 추방된 몸이지만, 너를 위로하기 위해서다.

로미오 보세요, 또 '추방'이죠? 그따위 철학은 뒈져버려라! 철학으로 줄리엣을 만들 수 있습니까? 철학으로 도시를 바꿀 수 있습니까? 철학으로 영주의 선고를 취소할 수 있습니까? 그럴 수 없다면 철학이 무슨 소용이 있다는 거죠. 더 이상 아무 말도 마세요.

로렌스 하기야 미치광이에게 귀가 있을라고.

로미오 당연하죠. 현인들에게 눈이 있을라고요?

로렌스 너의 현재 입장에 대해 얘기 좀 해야겠다.

로미오 직접 느껴보지도 않으시고, 어찌 그런 얘기를 하실 수 있겠습니까. 신부님이 저와 마찬가지로 젊으시고, 줄리엣이라는 연인이 있고, 결혼한 지 한 시간 만에 티볼트가 살해되고, 사랑에 물불 가리지 않는 나처럼 추방되었다면, 그때야말로 신부님도 입을 뗄 수 있는 자격이 있을 것입니다. 그때가 되면 신부님은 자기 머리칼을 움켜잡고 쥐어뜯으며, 지금 제가 하고 있는 것처럼 땅 위에 엎드려 파지도 않은 무덤의 깊이를 재고 있겠지요. (밖에서 노크 소리)

로렌스 자, 일어나라. 누가 문을 두드리고 있다. 로미오, 어서 몸을 숨겨라.

로미오 싫어요. 이 슬픈 가슴의 탄식이 안개처럼 퍼져 이 몸을 감싸서 남들이 저를 볼 수 없으면 몰라도 말입니다. (다시 노크 소리)

로렌스 듣거라, 저 노크 소리!…… 거 누구시오? …… 로미오, 일어나라. 잡혀가면 어떻게 해 …… 잠시 기다리시오…… 벌떡 일어나라. (노크 소리) 내 서재로 뛰어가라. …… 곧 가리다. …… 도대체 이게 무슨 미친 짓이냐 …… 갑니다, 가요! (노크 소리) 누가 저렇게 심하게 노크를 하오? 어디서 왔소? 용무가 뭐요?

유 모 (안에서) 안으로 들여보내주시면, 제 용무가 무엇인지 알게 됩니다요. 줄리엣 아씨 집에서 왔어요.

로렌스 아, 그래요, 어서 오시오.

유모 등장.

유 모 오, 신부님, 말해주세요. 오, 신부님. 우리 집 아씨의 낭군 로미오는 어디 있습니까?

로렌스 저기, 땅 위에 있소. 눈물에 흠뻑 젖어 있다오.

유 모 아, 우리 집 아씨와 똑같은 모습이군요. 우리 집 아씨가 꼭 이렇습니다요. 아, 슬픈 마음의 일치로군! 참으로 뼈아픈 신세로다! 아씨도 꼭 이처럼 엎드려서 울고불고 야단이에요. 일어나요, 일어나. 남자 대장부라면, 벌떡 일어나세요. 줄리엣을 위하여, 우리 아씨를 위하여, 벌떡 일어나세요! 어쩐 일로 그렇게 엎드려서 끙끙 앓고 있나요?

로미오 일어난다.

로미오 유모!

유 모 네, 도련님! 네, 도련님! 죽으면 모두 허사예요.

로미오 유모는 줄리엣에 관해 얘기했지요? 어떻게 지내고 있소? 나를 살인마라고 생각하고 있는 것은 아닌지요? 막 싹이 터서 자라는 우리 둘의 행복을 그녀 오빠의 피로 더럽혀놓았어요. 줄리엣은 어디에 있소? 어떻게 지내고 있소? 정식 아내가 되지 못한 줄리엣은 우리들의 깨진 사랑에 대해서 뭐라 말합디까?

유 모 아무 말도 하지 않고 마냥 울고만 있습니다. 침대 위에 몸을 던지는가 하면, 어느새 겁에 질린 듯 벌떡 일어나서 티볼트의 이름을 부르는가 하면, 또 갑자기 로미오 님의 이름을 부르기도 한답니다. 그러고 나서 다시 펄썩 쓰러지고요.

로미오 그 이름이 마치 정통으로 겨냥한 총구로부터 쏘아댄 총탄이 되어서 그녀를 죽인 셈이 됐군요. 그 이름의 저주받은 손이 그녀의 근친을 살해했으니까요. 말해주세요, 신부님. 제발 말해주세요. 저의 너절한 육체의 어느 부분에 로미오라는 이름이 깃들고 있는지요? 말해주세요. 그래야 제가 이 가증스러운 집채를 부숴버릴 수 있습니다. (로미오가 자기 몸을 찌르려 하자, 유모가 단도를 낚아챈다)

로렌스 난폭한 짓을 삼가라. 너도 사나이냐? 외모를 보니 사나이 같은데, 찔찔 짜는 눈물을 보니 영락없이 계집이로다. 너의 미치광이 같은 소행은 마치 엉터리없는 짐승 같은 흥분이 아닌가. 겉보기에는 당당한 사나이 대장부인데, 속은 보기 딱한 계집의 행실이군! 겉보기에는 사나이라도 좋고, 계집이라도 좋다. 거친 행동은 어처구니없는 짐승의 분노로다. 여하튼 나는 널 보고 놀랐다. 정말이지 난 네 성품이 신중하리라고 믿었어. 너는 티볼트를 죽였지. 한데 너 자신까지 죽이려고 법석을 떨어? 그뿐인가? 너 자신을 저주하며 자살함으로써 너를 생명처럼 여기고 있는 줄리엣마저 해칠 셈인가? 어째서 자신의 목숨과 땅을 모조리 저주하는가? 하늘과 땅과, 목숨, 이 세 가지가 합쳐서 너 자신이 생겨난 거다. 그걸 너는 한꺼번에 몽땅 내동댕이치려는가? 쯧,

쯧, 쯧! 너의 용모와 사랑과 이성을 욕되게 하는 짓이야. 너는 이 모든 것을 넘치게 갖고 있으면서도 구두쇠처럼 단 한 가지도 옳게 쓰고 있지 않아. 말하자면 너의 용모와 사랑과 이성을 빛내도록 사용하지 않고 있다는 얘기다. 사나이의 진정한 용기에서 일단 벗어나면 너의 그 훌륭한 모습도 보잘것없는 한낱 납세공에 지나지 않는 거다. 너의 진정한 사랑의 맹세도 네가 마음속에 품기로 서약한 연인을 죽인다면 허울만 좋은 맹세가 아니겠느냐. 너의 용모와 사랑을 장식하는 이성도 잘못 다스리는 경우엔, 서툰 병사의 화약통 속의 화약처럼 어리석게도 스스로 불을 댕겨, 폭발하게 된다. 알겠느냐, 용기를 내라! 줄리엣은 살아 있다. 네가 조금 전까지만 해도 그리워서 죽도록 애태우던 줄리엣은 바로 네 행복이니라. 너를 사형으로 몰아넣을 수도 있었던 국법이 너의 벗이 되어 너를 추방으로 끝내주었다. 이게 네 행복이 아니고 무엇이랴. 겹겹이 쌓이는 축복이 네 등 위에 사뿐히 내리고 있다. 마치 행복의 여신이 성장을 하고 너에게 사랑을 호소하는 듯하다. 그런데 너는 행실이 나쁜 실쭉한 계집처럼 자신의 행운과 사랑을 향해 입을 삐쭉거리며 뿌루퉁해 있구나. 조심하라, 조심하라. 그런 녀석치고 제 명에 죽는 것을 못 봤다. 가거라, 이미 정한 대로 너의 연인 곁으로 어서 가거라. 그녀의 침실로 올라가서 그녀를 위로해주어라. 그러나 야경꾼이 돌아올 때까지 어정거리지 말아라. 꾸물대다간 만토바로 갈 길이 막힌다. 만토바에서 살아 있기만 하면, 내가 때를 엿보아 너희들의 결혼을 발표하여 양가 사람들의 마음을 누그러뜨린 후 영주님의 용서를 청하여 떠나는 이 순간의 슬픔보다 이십만 배나 더 큰 기쁨으로 너를 다시 이곳으로 부르겠다. 유모, 앞장서 가서 줄리엣에게 내 안부를 전해주오. 그리고 그녀에게 얘기해서 온 집안 식구들이 일찍 잠자리에 들도록 하시오. 어차피 깊은 시름에 잠겨 있으니 모두 잠들게 마련. 로미오가 뒤를 따르리다.

유 모 밤새 내내 이곳에 머물러 지당하신 말씀 경청했으면 합니다. 학문이라는 것은 희한한 것이로군요. 도련님, 우리 아씨에게 로미오 님이 오신다고 전할게요.

로미오 그렇게 하시오. 나를 꾸짖는 일도 준비해두라고 이르시오.

유모, 나가려다가 되돌아선다.

유 모 여기 아씨께서 도련님에게 전하라는 반지가 있습니다요. 도련님도 서두르세요. 밤도 어지간히 깊었습니다. (유모 퇴장)

로미오 아, 기분이 더없이 상쾌하구나!

로렌스 급히 가라. 잘 가라. 한데 문제는, 네가 오늘 밤 야경꾼이 돌아오기 전에 물러가든가, 아니면 새벽동이 틀 무렵 변장을 하고 사라지든가 둘 중의 하나다. 당분간 만토바에 가 있어라. 때가 되면 너를 위해 사람을 물색하여 좋은 일이 있을 때마다 꼭 소식을 전해주겠다. 자 악수를 나누자. 밤도 깊었다. 잘 가거라. 안녕히.

로미오 엄청난 기쁨이 저를 부르고 있습니다. 신부님과 헤어지는 것도 잠시 동안의 슬픔이겠지요. 안녕히 계십시오. (두 사람 퇴장)

제4장 캐퓰리트 집의 한 방

캐퓰리트, 캐퓰리트 부인, 패리스 등장.

캐퓰리트 뜻밖의 불행이 날벼락처럼 떨어져서 어안이 벙벙하오. 딸애를 설득할 시간 여유가 없었소. 딸애는 티볼트를 무던히 좋아했소. 물론 나도 그랬지만, 하기야 인생은 일장춘몽, 태어나면 죽게 마련이오. 밤이 깊었소. 딸애는 여기까지 내려오지 않을 성싶소. 당신을 만나지 않았더라면 나도 한 시간 전쯤 잠자리에 들었을 테지만.

패리스 이처럼 불행한 때, 혼담을 꺼낸다는 건 좋지 않습니다. 마님, 안녕히 주무십시오. 따님에게 제 안부나 전해주십시오.

캐퓰리트 부인 그렇게 하죠. 내일 아침 일찍 딸애의 심정을 알아보겠습니다. 오늘 밤에는 시름에 잠겨 울적할 겁니다.

패리스가 나가려고 하자 캐퓰리트가 그를 다시 불러들인다.

캐퓰리트 패리스 씨, 딸애의 사랑을 내가 큰마음 먹고 대신 당신께 드리겠소. 딸애는 내 말이라면 곧잘 듣소. 이 일에 대해선 전혀 의심할 여지가 없소. 여보, 자기 전에 딸애한테 가서 내 사위 패리스 씨의 사랑을 그 애한테 알리고 와요. 그리고 알겠소, 그 애한테 이번 수요일……가만있자, 오늘이 무슨 요일이더라?

패리스 월요일입니다.

캐플리트 월요일이라! 하, 하! 그렇다면 수요일은 너무 급해. 목요일이 좋겠군. 당신이 가서 전하구려, 목요일에 패리스 백작과 결혼식을 올린다는 얘기를. 패리스 씨는 만반의 준비가 다 돼 있소? 이토록 서둘러도 지장이 없겠소? 지나치게 법석을 떨 생각은 없어요. 친구분을 한두 사람 청하죠. 글쎄, 티볼트가 죽은 지도 얼마 안 됐는데, 너무 왁자지껄한 판을 벌이면 처조카인 티볼트를 소홀히 한다는 비난을 받을 수도 있기에 말입니다. 그러니 대여섯 명의 친구만을 청하기로 합시다. 목요일이 괜찮겠소?

패리스 목요일이 내일이었으면 합니다.

캐플리트 자, 그러면 오늘 밤은 이 정도로 하고 헤어집시다. 목요일로 정합시다. 여보, 당신은 자러 가기 전에, 줄리엣한테 가서 결혼식 준비를 시키도록 하오. 그럼, 패리스 씨 조심해서 가시오. 여봐라, 내 방에 등불을 밝혀라. 밤이 깊었다. 머잖아 동이 트겠다. 그럼, 안녕히. (일동 퇴장)

제5장 정원이 보이는 줄리엣의 침실

로미오와 줄리엣이 이층 창가에 서 있다.

줄리엣 벌써 가시렵니까? 아직 날이 새지 않았습니다. 겁에 질린 당신

귓전에 방금 울린 그 소리는 종달새가 아니라 나이팅게일 울음 소립니다. 밤마다 저 너머 석류나무 위에서 노래합니다. 로미오 님, 정말이지 그 소리는 나이팅게일이었습니다.

로미오 아침을 알리는 종달새라오. 나이팅게일이 아니었소. 봐요, 저 동녘의 하늘. 갈라지는 구름자락을 수놓는 저 심술궂은 아침 햇살을 봐요. 밤의 등불도 꺼졌어요. 즐거운 아침이 안개 자욱한 산봉우리를 딛고 발돋움하고 있소. 이제 나는 가야 하오. 그래야 살 수 있어요. 여기 머물러 있으면 죽을 수밖에 없소.

줄리엣 저기 저 빛은 햇살이 아닙니다. 저는, 저는 알고 있어요. 정말이지, 저 빛은 태양이 뱉어놓은 별똥 같은 거예요. 당신을 위해 오늘 밤 횃불이 되어 만토바로 가시는 당신의 길목을 낱낱이 비춰줄 것입니다. 그러니 좀 더 계셔요. 지금 떠나실 필요는 없습니다.

로미오 그렇다면 나는 잡혀도 좋소. 사형을 당해도 좋소. 당신의 심정이 그렇다면, 나는 그저 만족할 따름이오. 저 희미한 빛이 아침의 눈동자가 아니라고 나는 말하겠소. 달님의 창백한 얼굴에서 반사되어 나오는 빛이라 해둡시다. 우리들의 머리 위 높이 창공을 날며 울어대는 저 소리도 종달새가 아니라고 합시다. 난들 어찌 가고 싶겠소. 이대로 마냥 머물고 싶소. 죽음이여, 오려면 오라. 반갑게 맞아주마. 줄리엣 님의 소원이시다. 어때? 우리 얘기나 나눕시다. 이 밤이 다 새려면 아직도 멀었어.

줄리엣 아침이에요, 아침이에요! 어서 가세요, 빨리, 빨리 가셔야 해요!

저 거친 울음소리는 종달새랍니다. 삐익삐익 고르지 못한 소리, 귀에 거슬리는 앙칼진 울음소리. 종달새 소리가 아름답다는 이도 있지만, 제게는 그 소리가 밉살스럽기만 해요. 우리 둘 사이를 떼어놓기 때문이죠. 종달새와 징글맞은 두꺼비는 서로 눈알을 바꾼다 하지만, 그럴 바에는 저 소리까지 바꾸었으면 좋았을 거예요. 저 소리가 우리들의 결합을 떼어놓는군요. 당신이 떠나도록 재촉하는군요. 자, 어서 떠나세요. 점점 더 밝아옵니다.

로미오 바깥세상이 점점 밝아질수록 우리들 슬픔은 점점 더 어두워지는구려.

유모, 황급히 등장.

유 모 아씨!

줄리엣 유모예요?

유 모 마님이 아씨 방으로 오십니다. 날이 밝았어요. 조심하세요. 잘 살피시고. (유모 퇴장)

줄리엣 창이여, 빛을 들여보내고 생명을 밖으로 내보내라.

로미오 안녕히, 안녕히! 다시 한번 입을 맞추고 내려가자.

로미오가 줄사다리를 타고 내려간다.

줄리엣 그렇게 가시렵니까, 님이여, 서방님이여? 매일, 매시간마다 소식 주세요. 일분일초가 제게는 몇 날 며칠이거든요. 이렇게 세월을 계산하다간 로미오 님을 만나기도 전에 쭈그렁 할멈이 되겠네.

로미오 잘 있소! 기회만 있으면 꼭 소식 전하리다.

줄리엣 아, 하지만 다시 만날 수 있을까요?

로미오 믿어 의심치 않소. 우리 다시 만나는 날, 이 모든 괴로움은 즐거운 이야깃거리가 되리라 믿소.

줄리엣 아, 불길한 예감이 들어 못 견디겠어요. 아래에 계신 당신의 모습이 마치 무덤 밑바닥에 누워 있는 시체같이 보여요. 저의 눈이 나빠진 탓일까요, 아니면 당신의 얼굴이 창백한 탓일까요?

로미오 그렇게 말하는 소릴 듣고 보니 줄리엣, 당신의 얼굴도 그러하오. 슬픔의 탄식이 우리들의 피를 빨아서 들이킨 듯하오. 그럼, 안녕히, 안녕히.

로미오 퇴장.

줄리엣 오, 운명이여, 운명이여! 온갖 사람들이 너를 변덕쟁이라고 부른다. 만약에 네가 변덕쟁이라고 한다면 성실하기로 이름난 그이하고 너는 무슨 관계가 있니? 운명이여, 변덕을 부리겠으면 부려라. 그렇다고 해서 그이를 오래 붙들어 둘 수도 없지. 틀림없이 곧 돌려보내주실 거야. (이층 무대로부터 줄리엣 내려온다)

캐퓰리트 부인 (안에서) 아가! 일어났니?

줄리엣 누가 나를 부르고 있네. 어머니신가? 날이 다 새도록 잠자리에 안 드시다니? 아니면 꼭두새벽에 깨어나신 걸까? 신기한 일이군. 무슨 일로 여기까지 오신 걸까? (줄리엣이 문을 열어준다)

캐퓰리트 부인 등장.

캐퓰리트 부인 아가야, 좀 어떠냐?

줄리엣 기분이 좀 언짢아요.

캐퓰리트 부인 티볼트의 죽음으로 언제까지 울며 지새우겠다는 거냐? 눈물로 티볼트를 무덤에서 씻어낼 작정이냐? 씻어낸다 할지라도 살려낼 수는 없잖니. 그러니 그만해두는 것이 좋겠다. 적당한 슬픔의 표시는 깊은 사랑의 표시일 수 있지만, 과도한 슬픔은 오히려 분별심이 부족한 증거일 수 있다.

줄리엣 뼈아픈 이 상실감 때문에 실컷 울고만 싶어요.

캐퓰리트 부인 그렇게 운다고 해서 죽은 사람이 돌아온다더냐?

줄리엣 아니에요, 슬퍼할수록 그이 때문에 눈물이 나요.

캐퓰리트 부인 그렇다면, 너는 티볼트의 죽음을 슬퍼하는 것이 아니라 그를 살해한 악당이 태연하게 살아 있음을 노여워하는 눈물이구나.

줄리엣 악당이라뇨, 어머니?

캐퓰리트 부인 악당 로미오 말이다.

줄리엣 (방백) 악당과 로미오는 하늘과 땅 차이다. 하느님이시여, 그이를 용서하소서. 저도 마음속 깊은 곳에서 그이를 용서할 테요. 그 이만큼 제 마음을 슬프게 하는 이는 없습니다.

캐퓰리트 부인 결국 그 살인자가 태연히 살아 있기 때문이지.

줄리엣 그렇습니다. 제 손이 미치지 못하는 곳에 살아 있기 때문입니다. 티볼트의 복수만은 제 손으로 하고야 말겠습니다!

캐퓰리트 부인 걱정 마라. 그 복수는 우리가 할 것이다. 그러니까 더 이상 울지 마라. 로미오 녀석이 추방되어 만토바에 살고 있는 모양인데, 곧 그곳에 살고 있는 사람에게 일을 부탁해야지. 곧장 티볼트의 뒤를 따를 수 있는 진귀한 독약을 그놈에게 먹여야겠다. 그러면 너도 만족하겠지.

줄리엣 네에, 로미오의 얼굴을 볼 때까지는 — 그가 죽은 시체의 얼굴을 볼 때까진 도저히 만족할 수 없어요. 가엾게도 제 마음은 그이 생각으로 꽉 차 있죠. 독약을 갖고 갈 사람을 어머님이 찾아주신다면 독약만은 제가 준비하겠어요. 로미오가 그 약을 먹자마자 금세 잠들듯이 조용해지는 약을 마련하겠어요. 아, 몸서리쳐지는 이 증오심, 그이의 이름을 듣고도 가까이 갈 수 없다니! 오빠에 대한 나의 애정을 그 살인자에게 원한으로 갚을 수 없다니!

캐퓰리트 부인 약을 마련해보아라. 사람은 내가 구해볼 테니. 그런데 아가, 엄마가 오늘 기쁜 소식을 전하러 왔다.

줄리엣 이토록 비참한 때 기쁜 소식이라니요. 어머니, 무슨 소식입니까?

캐퓰리트 부인 넌, 자상한 아빠가 계셔 좋겠다. 우리 집 귀염둥이 줄리엣이 슬픔에서 벗어날 수 있도록 기쁜 날을 택하셨단다. 나도 미처 짐작할 수도 없었으니 넌들 예상이나 할 수 있었겠니.

줄리엣 참으로 자랑스러운 일이군요! 무슨 택일이십니까?

캐퓰리트 부인 글쎄, 그날이라는 게 말이다, 목요일 이른 아침에, 성 베드로 교회에서 기품 있고 남자다운 젊은 패리스 백작이 너와 결혼식을 올리게 돼 있는 날이란다.

줄리엣 맙소사. 어머니, 성 베드로 교회와 베드로 님을 걸어 맹세하지만 결혼만은 딱 질색입니다. 무엇 때문에 그토록 급히 서두르십니까. 신랑인 패리스 님으로부터 구혼을 받기도 전에 결혼을 해야 하다니. 어머니, 아버님께 말씀 전해주세요. 저는 결혼할 생각이 없다고요. 정녕 결혼을 꼭 해야 한다면 패리스 님과 결혼하는 것보다는 차라리 로미오와 결혼하고 싶다는 것을 분명히 밝혀주세요. 제가 로미오를 미워하고 있음은 어머니도 잘 알고 계시죠. 이것이 기쁜 소식이라니, 정말 너무하셨어요.

캐퓰리트 부인 마침 아버지께서 오시는구나. 네가 직접 말씀드려라. 직접 얘기를 들으시면 뭐라 하실는지 두고 보자.

캐퓰리트의 유모 등장.

캐퓰리트 해가 지면 땅 위에 이슬이 내리는 법이지만, 내 처조카의 목숨이 지는 날에는 마구 비가 쏟아지는군. 아가야, 이게 웬일이냐? 설마 네가 분수탑(噴水塔)은 아니겠지? 아직도 눈물에 흠뻑 젖어 있으니, 그칠 줄을 모르는 소낙비로군. 너의 작은 몸속에 배와 바다와 바람이 함께 있구나. 바다와 같은 너의 눈동자에는 눈물이 났다 들었다 하는구나. 너의 몸은 한 척의 배로군. 짜디짠 눈물의 홍수 속에서 항해를 하고 있구나. 한숨은 바람이로다. 눈물 때문에 바람이 세차게 일고 바람은 눈물로 뒤틀리고 있으니.

당장에 바람이 자지 않는 한, 네 몸은 폭풍에 휘말리게 될 것이다. 여보, 줄리엣에게 내 명령은 전달했소?

캐퓰리트 부인 했어요. 고마운 말씀이긴 하나 받아들일 수는 없다고 말하더군요. 바보 같은 아이죠. 차라리 무덤하고나 결혼하라지요!

캐퓰리트 뭐라고? 좀 더 분명히 말해주구려. 알기 쉽게 말하구려. 뭐라고 했소? 싫다고? 고맙다는 말은 없고? 명예라고 생각지 않아? 변변찮은 자신의 몰골은 생각지도 않고 이 아비가 애써 그토록 훌륭한 패리스 씨를 신랑으로 모신 것을 자기 일신의 행복이라고 생각지 않고 있단 말인가?

줄리엣 명예라고 생각지는 않습니다만 고마운 줄은 알고 있습니다. 싫은 것을 명예라고 생각하라니, 억지가 아니겠습니까. 그러나 그것도 호의에서 나온 것이라면 감사할 따름입니다.

캐퓰리트 저런, 저런, 구차스러운 변명은 걷어치워라! 그게 무슨 소리냐. '명예' 라느니, '고맙다' 느니, 또 '고맙지 않다' 느니, '명예가 아니다' 라느니 도대체 건방진 수작이 아닌가! 고맙다느니 명예가 아니라느니 등 부질없이 주둥이를 놀리지 말아라! 그동안 손발이나 잘 다듬어두어. 다음 목요일 날에는 성 베드로 교회에서 패리스 백작과 결혼을 해야 돼. 싫다고 꽁무니를 빼면 거적에 얹어서라도 질질 끌고 갈 테다. 푸르뎅뎅한 년아, 나가지 못해! 등신 같으니!

캐퓰리트 부인 너무하셨어요! 당신 미쳤어요?

줄리엣 아버지, 이처럼 무릎을 꿇고 부탁합니다. 참으시고 제 말 들어주세요.

캐퓰리트 에에라, 귀찮다. 불효 자식, 막돼먹은 년! 아로새겨 듣거라. 목요일에는 교회에 가야 한다. 싫다면 두 번 다시 내 얼굴을 보지 마라. 입을 다물어, 대꾸할 필요도 없으니 대답을 하지 마라! 손끝이 근질근질하구나. 여보, 하느님께서 이 딸년 하나만 허락해 주신 것을 복인 줄도 모르고 원망하곤 했는데, 이런 딸년은 하나만으로도 과해. 아이고 내 팔자야, 보기 싫다, 꺼져버려! 지지리 못난 년아!

유 모 아, 가엾게도 아씨가! 아씨를 그렇게 책망하심 안 되죠. 어르신네가 너무하십니다.

캐퓰리트 이건 뭐야. 유모, 잘난 체하고 나서기는. 꼴값하는군. 입 닥치지 못해? 떠들고 싶으면 가서 수다쟁이들하고나 어울려!

유 모 손해 될 말은 안 했습니다요.

캐퓰리트 아, 제발.

유 모 아니, 사람이 말도 못 하나요?

캐퓰리트 끝까지 씨부렁거리기냐, 이 밥통아! 그따위 소릴랑 술꾼들 틈에서나 지껄여. 여기선 소용없으니까.

캐퓰리트 부인 너무 화내지 마세요.

캐퓰리트 어이구, 맙소사! 사람 미치겠네. 밤이건 낮이건, 자나 깨나 일을 하건 놀건, 혼자 있건 여러 사람들과 함께 있건, 나는 늘 딸년의 혼인을 걱정해왔다. 그런데 지금 이게 무슨 꼴이냐. 가문 좋고, 돈푼도 있고, 젊고 인품이 빼어난 데다, 듣자니 재주 좋고 인물 잘생긴 그 젊은이를 골라주니까, 바보 같은 년, 제 분수에 넘치는 줄도 모르고 찔찔 짜면서 결혼이 싫다는 둥, 애정이 없다는 둥, 너무 어리다는 둥, 용서해달라는 둥, 주접을 떨고 있단 말이야. 정녕 결혼하기 싫다면 뜻대로 해주겠다. 그러나 나가서 살아. 이 집안에선 얼씬도 마라. 잘 생각해봐, 이 아비는 농담을 모르는 사람이야. 목요일이 코앞에 다가왔어. 가슴에 손을 얹고 잘 생각해봐. 네가 이 아비 딸이라면, 서슴지 말고 백작한테로 가라. 그러잖으려거든 길바닥에서 굶어 죽든, 목을 매든, 거지꼴이 되든 멋대로 해. 나도 너를 자식으로 생각지 않겠다. 내 재산은 단돈 한 푼도 네게 줄 수 없다. 내가 헛소리하는 줄 아느냐. 잘 생각해둬. 나는 말을 뒤집는 법이 없어.

캐퓰리트 퇴장.

줄리엣 이 슬픈 마음의 밑바닥을 들여다봐줄 자비로운 하느님은 구름 속에도 없는 것일까? 따뜻한 우리 어머니, 저를 버리지 마소서! 이 결혼을 한 달 동안만, 아니면 일주일 동안만이라도 좋으니 연기할 수 없습니까? 그것도 불가능하다면 티볼트가 누워 있는 저 어두컴컴한 무덤을 저의 신방으로 꾸며주세요.

캐퓰리트 부인 아무 말도 마라, 듣기 싫다. 나는 입을 다물고 있으마. 네 멋대로 해라. 나도 이 이상 더 상관하지 않겠다. (부인 퇴장)

줄리엣 아아, 하느님! 유모, 이 일을 어떻게 막을 수 있소? 저의 낭군은 이 세상에 살아 있는 데다, 맹세가 천국에까지 닿고 있어요. 그

이가 이 세상을 떠나서 천국으로부터 그 맹세를 다시 돌려주지 않는 한 안 되죠. 하지만 그 맹세가 어떻게 이 세상으로 되돌아올 수 있겠어? 이 마음을 위로해줘. 희한한 지혜를 빌려줘요. 아, 하느님도 무심하셔라. 나처럼 이토록 허약한 사람에게 어째서 이같이 흉측한 책략을 꾀한단 말이냐! 유모, 말 좀 해줘요, 네? 좋은 소식이 없어요? 위로 좀 해줘요.

유 모 네, 있어요, 있고말고요. 로미오 님이 추방됐으니, 하늘이 뒤집혀도 아씨를 찾으러 돌아올 리는 없어요. 만약에 온다 하더라도 남몰래 올 수밖에 없죠. 일이 이쯤 되었으니 백작님에게 시집가는 것이 좋을 듯해요. 패리스 씨는 훌륭한 신사분이에요! 그분과 비교하면 로미오는 걸레 조각이지. 백작님의 눈은 푸르고, 생기에 넘쳐 있어서 하늘을 나는 독수리도 그분만큼 재빠르지 못하죠. 정말이지 이번 결혼은 행복할 거예요. 이번이 첫 번보다 한결 낫지. 만약에 그렇지 않다 하더라도 첫 남편은 죽은 것 아니우? 살아 있어도 소용이 없으면 죽은 것과 같아요.

줄리엣 유모, 그 말 진심이에요?

유 모 진심이다뿐이겠어요. 거짓이라면 내 마음과 영혼이 지옥에 떨어지게요.

줄리엣 아멘!

유 모 뭐가요?

줄리엣 유모가 내 마음을 많이 풀어줬어요. 안으로 가서 어머님께 말하세요. 아버지 마음 언짢게 해드렸기에 줄리엣은 참회하고 죄의 사함을 받기 위해서 로렌스 신부의 사제관으로 갔다고 하세요.

유 모 그러리다. 그게 좋겠군요. (유모 퇴장)

줄리엣 천벌을 받을지어다! 앙큼한 마귀할멈! 내 맹세를 깨뜨리려고 하다니. 로미오 님을 그토록 찬양했던 그 혀끝으로 이번에는 악담을 늘어놓고 있으니 어느 쪽이 더 악독한 짓이냐. 이젠 가버려! 지금까지는 나의 상담역이었지만 앞으로는 유모와 나는 남남이다. 신부님한테 가서 헤어날 길을 찾아야겠다. 모든 일이 다 실패로 돌아가도 자살할 힘은 나에게 남아 있다.

줄리엣 퇴장.

제4막

제1장 로렌스 신부의 사제관(암자)

로렌스 신부와 패리스 백작 등장.

로렌스 목요일이라고 하셨지요? 시일이 너무 급하시구먼.

패리스 캐퓰리트 장인이 서두르시네요. 저도 연기해도 좋을 만큼 느긋한 것은 아닙니다.

로렌스 색시 심정을 아직 알 수 없다는 거죠. 험난한 길입니다. 제 기분이 썩 내키지 않습니다.

패리스 티볼트의 죽음을 슬퍼하고 눈물을 마냥 뿌리고 있기에 사랑 얘기를 해보지 못했습니다. 눈물을 쏟는 집에서는 비너스도 웃지 않는다는 말이 있죠. 장인 캐퓰리트 어른께서도 지나치게 슬픔에 빠져있는 것이 위험한 일이라 생각하시고 딸의 홍수 같은 눈물을 막아보자는 속셈도 있어서 현명하게도 저희 결혼을 서두르신 거죠. 혼자 흘리는 눈물은 한이 없어요. 말동무라도 생기면 눈물도 거둬질 게 아닙니까. 이만하면 급히 서두르는 까닭을 아셨을 줄 압니다만.

로렌스 (방백) 나는 이 일을 지연시켜야 할 이유를 알고 있단 말이야. 아, 마침 아씨가 이쪽으로 오고 있군.

줄리엣 등장.

패리스 마침 잘 만났군요. 나의 님이며, 아내여!

줄리엣 제가 아마도 아내가 된다면 그렇게 부를 수 있겠죠.

패리스 그 '아마도' 가 이번 목요일에는 '반드시' 가 될 것입니다.

줄리엣 '반드시' 라고 하신다면 꼭 그렇게 되겠죠.

로렌스 확실히 명언이다.

패리스 신부님에게 참회하러 오셨지요?

줄리엣 그 말에 대답을 하면 당신에게 참회를 하게 되게요.

패리스 당신이 나를 사랑한다는 것을 신부님에게 부인하지 마세요.

줄리엣 내가 그분을 사랑한다는 것을 당신에게 고백해야겠어요.

패리스 나를 사랑하고 있다는 사실도 고백하세요.

줄리엣 그 말은 당신 눈앞에서 하는 것보다 남몰래 등 뒤에서 하는 편이 더 가치 있는 일이죠.

패리스 가련하게도 당신의 얼굴은 온통 눈물로 얼룩져 있군요.

줄리엣 그렇다고 눈물 탓만은 아닙니다. 눈물의 해를 입기 전에도 못생긴 얼굴이었어요.

패리스 지독한 말이군. 눈물 이상으로 얼굴을 모독하는 말이로군.

줄리엣 진정을 담으면 악담이 되지 않습니다. 내가 한 말은 내 얼굴에 대고 하는 말입니다.

패리스 그대의 얼굴은 나의 것이오. 당신은 그 얼굴을 모독했소.

줄리엣 그럴지도 모르죠. 이 얼굴은 제 것이 아니니까요. 신부님, 지금 한가하십니까? 아니면, 저녁 미사 때 찾아뵈올까요?

로렌스 걱정 마라, 줄리엣, 나는 지금 한가롭다. 패리스 씨, 우리 둘만이 따로 얘기를 나누고 싶소.

패리스 좋습니다. 신부님 일을 어찌 제가 방해할 수 있겠습니까! 줄리엣, 목요일 아침 일찍 깨우러 가리다. 그때까지 안녕. 이 거룩한 입맞춤을 잊지 말아주오. (패리스 퇴장)

줄리엣 아아, 문을 닫아주세요! 문을 닫으신 후에는 저와 함께 실컷 울어주세요. 희망도 사라지고 길도 막히고 도움도 끝장이에요!

로렌스 오, 줄리엣, 네 슬픔은 이미 나도 알고 있다. 나는 여러 갈래로 생각해봤지만, 내 지혜로는 어쩔 도리가 없구나. 이번 목요일에는 무슨 일이 있더라도 그 백작과 결혼해야 된다지.

줄리엣 신부님, 어떻게 하든 그 일을 막는 방안을 짜주세요. 그렇지 않으면 아예 이 얘기를 들었다는 말씀도 하지 마세요. 만약에 신부님의 지혜로도 어쩔 도리가 없으면 제 결심이 장하다고 말해주세요. 이 단검으로 당장 해결을 짓겠어요. 하느님께서 제 마음과 로미오 님의 마음을 하나로 합쳐주셨습니다. 신부님 덕택으로 로미오 님에게 바친 이 똑같은 손으로 딴짓에 보증을 서거나 제 순정이 딴마음을 품고 곁눈질을 하거나 한다면 이 단검으로 그 손과 마음을 잘라내겠습니다. 그렇기 때문에 신부님, 당신의 오랜 경험을 거울삼아, 저에게 지혜를 주소서. 그렇지 않으면 보시다시피 궁지에 몰릴 대로 몰린 이 몸을 판가름 내는 길은 이 단검밖에 없습니다. 신부님이 연세와 공적으로도 해결치 못한다면 그 난제를 이 피맺힌 단검으로 끝장을 짓겠어요. 어서 말씀 해주세요. 신부님의 말씀으로도 아무 소용이 없다면 차라리 죽어버리겠어요.

로렌스 잠깐만, 딸애야, 일루의 희망이 보인다. 이 일을 실행하려면 우리가 막으려고 하는 일 못지않게 결단이 필요해. 패리스 백작과 결혼할 바에는 차라리 죽어버리는 것이 낫겠다는 강한 의지가 있다면, 이 치욕을 벗기 위해서는 죽음과도 같은 이런 결심도 해봄직한 일이다. 이 궁지에서 벗어나고 싶은 네 심정은 죽음과도 맞설 수 있는 결심일 수 있어. 네가 한 번 해보겠다면, 내가 그 방안을 가르쳐주겠다.

줄리엣 아, 패리스와 결혼하는 것이 아니라면 성벽에서 뛰어내리라 해도 뛰어내리고 노상강도가 우글대는 길을 가라 해도 가죠. 뱀이 꿈틀대는 숲속에 웅크리고 있을 수도 있어요. 으르렁대는 곰과 함께 저를 매어두어도 좋아요. 서걱대는 송장 뼈랑 썩은 정강이랑 눌눌한 턱없는 해골 무더기에 매몰되게 납골당에 저를 버려둬도 좋아요. 방금 만든 무덤 속에 들어가서 송장과 함께 수의를 뒤집어쓰라고 해도 좋아요.

지금까지는 그런 얘기를 듣기만 해도 벌벌 떨었지만 앞으로는 결코 무서워하지도 않고, 불안해하지도 않겠어요. 로미오 님의 아내로서 정조를 지킬 수만 있다면.

로렌스 그러면 좋다. 곧 집으로 돌아가서 기쁜 낯으로 패리스와 결혼하겠다고 말하라. 내일은 수요일이다. 내일 밤에는 혼자 자도록 해라, 알겠지. 절대로 유모와 함께 같은 방에서 자지 마라. 잠자리에 들 때, 이 약병을 들고 가서 속에 든 약을 말끔히 마셔버리도록. 그러면 순식간에 너의 혈관 속에는 싸늘한 잠이 돌고 돌다가 평상시의 맥박은 움직이지 않게 된다. 맥박이 멈추고, 체온이 식고, 호흡이 멈추다 보면 혈기가 사라지고 회색이 되어 마치 죽음의 손길이 생명의 빛을 끄듯 마음의 창문인 눈이 자연 문을 닫는다. 손발은 부드러운 움직임을 잃고, 뻣뻣하고 싸늘하게 굳어버려 시체처럼 되는 거다. 이토록 가엾은 가사상태가 사십이 시간 계속된 후에 마치 상쾌한 잠에서 깨어나듯 원상으로 되돌아가게 되어 있어. 아침이 되어 신랑이 너를 깨우려고 왔을 땐 너는 죽어 있는 모습으로 보이지. 그러면, 이 나라 풍습대로 너는 새 옷으로 단장되어 뚜껑 없는 관에 담겨 캐퓰리트 집안의 선조들이 조상 대대로 잠들고 있는 오랜 묘지로 가는 것이다. 그동안 물론 우리들은 네가 깨어나기 전에 우리들의 뜻을 편지로 로미오에게 알려 그를 이곳으로 불러오도록 하겠다. 네가 깨어나는 것을 그와 내가 기다리고 있다가 그날 밤 안으로 너를 로미오와 함께 만토바로 보내겠다. 이렇게 하면 너는 이번의 치욕은 면할 수 있을 것이다. 그러나 변덕이나 여자의 불안감 따위로 실행하는 데 용기를 잃어서는 안 된다.

줄리엣 주세요, 어서 주세요! 두려움은 없어요!

로렌스 좋다. 가도 좋아. 마음을 단단히 먹어. 나는 신부 한 사람을 만토바로 보내 로미오에게 편지를 전하도록 하겠다.

줄리엣 사랑이여, 나에게 힘을 다오. 힘이 있으면 나머지 일은 해결이 된다. 신부님, 안녕히 계세요. (퇴장)

제2장 캐퓰리트의 집 홀

캐퓰리트, 캐퓰리트 부인, 유모, 하인 두세 명 등장.

캐퓰리트 (종이쪽지를 주면서) 여기 적혀 있는 손님들을 초대해 오너라. (하인이 그 쪽지를 받아들고 퇴장) 여봐라, 너는 가서 솜씨 좋은 요리사를 스무 명쯤 데려오너라.

하 인 엉터리 요리사는 한 놈도 데려오지 않겠습니다. 제 손가락을 빨 줄이나 아는지 시험을 해보면 알거든요.

캐퓰리트 그따위 시험으로 어떻게 알 수 있어?

하 인 자기 손가락을 빨 줄 모르는 놈은 요리사가 될 수 없다잖아요. 그래서 손가락을 빨지 못하는 자는 데려오지 않겠습니다.

캐퓰리트 좋아, 다녀오너라. (하인 퇴장) 이번에는 준비가 너무 엉성한 듯하다. 그래, 그래, 딸애가 로렌스 신부님에게 갔다지?

유 모 네, 그렇습니다.

캐퓰리트 그럼 신부님이 잘 지도해주시겠지. 고집불통의 불효 딸년 같으니라고.

줄리엣 등장.

유 모 저 보세요, 참회를 마치고 돌아오고 있는 중입니다. 기쁜 표정이로군요.

캐퓰리트 요, 고집불통아, 어딜 쏘다니다 오는 거냐?

줄리엣 아버님 명령에 거역한 불효죄를 뉘우치고 이렇게 엎드려 용서를 빌 것을 로렌스 신부님께 가르침 받고 왔습니다. 제발 용서하소서, 아버님! 앞으로는 아버님 분부대로 하오리다. (무릎을 꿇는다)

캐퓰리트 백작님 댁에 하인을 보내어 알려드려라. 내일 아침이라도 연분을 맺고 싶다고 전하라.

줄리엣 백작님은 신부님 사제관에서 뵙고, 소녀로서 지나치지 않을 정도로 진심만은 알리고 왔습니다.

캐퓰리트 거, 잘했군. 괜찮아, 일어나라. 그래야지. 가만있자, 나도 한번 백작님을 만나봐야겠다. 여봐라, 어서 가서 그분을 이리로 모시고 오너라. 참으로 그 거룩하신 신부님 덕을 온 시내가 다 보고 있어. 참으로 고마운 일이야.

줄리엣 유모, 제 방으로 함께 가요. 내일 달 장신구를 고르도록 도와주지 않겠어요?

캐퓰리트 부인 그 일은 목요일에 해도 충분해. 아직도 시간은 많이 남았어.

캐퓰리트 가요, 유모, 함께 가요. 내일 교회에 가야 하니. (줄리엣과 유모 퇴장)

캐퓰리트 부인 우리들도 준비 시간이 빠듯하겠어요. 곧 날이 저무는걸요.

캐퓰리트 내가 부산하게 뛰겠소. 여보, 내 보장하지만, 모든 일이 잘 될 거요. 당신도 줄리엣한테 가서 치장하는 것을 도와주구려. 나는 오늘 밤 잠자리에 들지 않겠소. 나에게 상관 마오. 이번만은 내가 안사람 역할을 해볼 작정이니. 여봐라! 모두 바깥으로 나갔군. 그럼, 패리스 백작한테는 내가 직접 걸어서 가야겠다. 가서 내일 준비를 시켜야지. 내 기분은 지금 날 듯하구나. 변덕스런 딸년이 마음을 고쳐먹고 새사람이 되었어. (퇴장)

제3장 줄리엣의 방

줄리엣과 유모 등장.

줄리엣 네에, 그 옷이 제일 좋아요. 하지만 유모, 오늘 밤만은 내 소원이니 혼자 있게 해줘요. 유모도 잘 알고 있다시피, 난 비뚤어진 죄 많은 여자예요. 하느님의 용서를 빌기 위해 기도할 일이 많은 듯해요.

캐퓰리트 부인 등장.

캐퓰리트 부인 바쁘지? 내가 좀 도와주랴?

줄리엣 괜찮습니다, 어머니. 내일 식에 필요한 것은 몽땅 골라놓았습니다. 그러니 어머니, 제발 절 혼자 있게 내버려두세요. 유모는 오늘 밤, 어머니를 도와줘요. 워낙 일이 급작스러워 어머니 쪽에도 일이 잔뜩 밀려 있을 거예요.

캐퓰리트 부인 안녕. 잠자리에 들어 푹 잠을 자거라. 담뿍 휴식을 취해야 돼. (캐퓰리트 부인과 유모 퇴장)

줄리엣 안녕히 가세요. 언제 다시 만나뵐 수 있을는지요. 싸늘하고 아찔한 두려움이 혈관 속을 맴돌면서 생명의 불꽃을 꽁꽁 얼리는 기분이 들어요. 다시 한번 어머니와 유모를 불러 나를 위로해달라고 할까. 유모! 유모인들 이곳에서 지금 무엇을 할 수 있담? 이 음산한 장면만은 나 혼자서 해내지 않으면 안 된다. 오너라, 나의 약병이여. 이 약이 전혀 효력을 나타내지 않으면 어떻게 할까? 내일 아침 꼼짝달싹 못 하고 결혼하게 될 테지? 안 돼, 안 돼! 이 단검이 그것을 막아주리라. 그대 단검이여, 거기 누워 있거라. (단검을 아래에 놓는다)

이 약이 독약이면 어떻게 하나? 신부님이 나와 로미오 님을 이미 결혼시켰으니, 이번 결혼으로 당할 욕을 면하려고 날 독살하기 위해 조제한 약이면 어떻게 하나? 정말 그럴는지도 몰라. 아니야, 그럴 리가 없어. 신부님은 성자로 이름나신 분인데. 이대로 무덤 속에 눕혀서 로미오 님이 나를 구하기 전에 눈을 뜨면 어떻게 될까? 그 일을 생각하면 온몸이 오싹해진다! 무덤의 부정한 아가리 속으로는 맑은 공기가 통하지 않을 텐데 그 무덤 속에서 숨통이 막혀, 로미오 님이 나타나셨을 때는 이미 질식하여 죽은 후가 아닐까? 가령 내가 산다고 하더라도, 죽음과 밤의 무서운 생각들 — 무서운 장소까지 겹치고 — 수백 년 동안 조상들의 뼈가 가득 차 있는 납골당 속이라서, 피투성이의 티볼트는 갓 묻혀 수의에 감겨 썩고 있을 테고. 그뿐이겠는가, 한밤중 어느 시간이 되면 귀신들이 그곳에서 모인다는 말도 있다.
아아, 어쩌면 좋으냐, 무섭구나! 만일에 일찍 눈을 뜨면, 그 악취라든가, 땅에서 뿌리째로 뽑힐 때의 당매자나무의 비명 소리라든가, 이 소리를 들은 인간은 그 자리에서 미쳐버린다는데, 그와 흡사한 소리, 아우성 때문에 아아, 내 눈이 떠지면 주위는 공포에 휩싸여 있을 터인즉, 나도 그대로 미쳐버리는 것은 아닐까? 미쳐서 선조들의 뼈를 갖고 장난하거나, 칼 맞은 티볼트의 수의를 벗긴다든가 하다가, 광란에 지쳐 곤봉 대신 먼 조상의 뼈를 들고 내 손으로 내 머리통을 쳐부수지나 않을까? 아, 보라! 로미오의 칼끝에 찔린 티볼트, 기다려줘요! 로미오, 로미오, 로미오. 여기 약물이 있구나. 당신을 위해 이 약을 들겠어요. (줄리엣이 약물을 따라 마시고, 침대 위에 쓰러진다)

제4장 캐퓰리트 집의 홀

캐퓰리트 부인과 유모 등장.

캐퓰리트 부인 유모, 이 열쇠 꾸러미를 들고 가서 양념들일랑 더 내오게.

유 모 부엌에선 대추야자와 마르멜로(봄에 꽃이 피고 열매가 맺는 장미과 나무. 매는 그냥 먹거나 잼을 만들어 먹는다-역자 주)를 갖고 오래요.

캐퓰리트 등장.

캐퓰리트 자, 서둘러, 서둘러! 부지런히들 일하게. 두 번째 닭도 울었고, 새벽종도 울렸어. 세 시가 다 됐다. 이봐, 앤젤리카, 파이를 조심해. 비용 걱정은 마라.

유 모 좁쌀영감, 일 참견 작작하세요. 가서 주무세요. 이렇게 밤샘하면 내일 건강에 지장이 있어요.

캐퓰리트 끄떡없다. 밤샘쯤은 전에도 해봤다. 그땐 대단찮은 일로 꼬빡 새웠지. 그래도 끄떡없었어.

캐퓰리트 부인 그랬어요. 젊은 시절에는 당신도 어지간히 계집 뒤꽁무니만 따라다녔죠. 하지만 두 번 다시 그런 밤샘은 시키지 않을걸요. 제가 눈을 접시만큼 뜨고 지키는걸요. (캐퓰리트 부인과 유모 퇴장)

캐퓰리트 샘이 나서 그러지, 심술쟁이!

하인 서너 명이 꼬치, 장작, 바구니 등을 들고 등장.

여봐, 그게 뭔가?

하인 1 요리사가 필요하다고 해서 갖고 왔습니다만, 저도 무엇인지 알 수 없습니다.

캐퓰리트 서둘러, 서둘러! (하인 1 퇴장) 이놈아, 바싹 마른 장작을 갖고 오너라. 피터를 불러. 피터가 네놈들에게 장소를 가르쳐줄 거다.

하인 2 나리, 장작쯤은 찾을 수 있는 머리가 있는뎁쇼. 이 정도 일로 피터의 신세지는 게 아닙니다요.

캐퓰리트 허긴 그래! 말 잘했어. 망할 녀석. 통나무 대가리 같은 녀석. (하인 2 퇴장) 아니, 벌써 날이 밝았네. 백작님이 곧 이곳에 악대를 거느리고 행차할 것이다. 그러겠다고 백작이 말했거든. (음악 소리 들린다) 가까이 온 모양이다. 유모! 여보! 여봐라! 아 글쎄, 유모!

유모 등장.

가서, 줄리엣을 깨워라. 가서 줄리엣을 단장시켜. 패리스 씨의 말상대는 내가 하지. 자, 서둘러, 급히. 신랑이 벌써 도착하셨다. 급히 서두르라고 하잖아! (캐퓰리트 퇴장)

제5장 줄리엣의 침실

유모 침대 커튼 쪽으로 등장.

유 모 아씨! 아씨! 줄리엣 아씨! 잠에 취했나 봐. 어린 양이시여! 아씨여! 참으로 지독한 잠꾸러기로군. 보세요, 아씨! 연인이시여! 신부여! 아아니, 한마디 쓰다 달다 대꾸도 없나요? 한푼어치라도 더 자두자는 속셈이로군. 일주일 몫을 실컷 주무시우. 내일 밤부터는 패리스 백작님이 뻐기고 우쭐대면서 아씨를 재워주지 않을 테니깐. 이크, 실례했어요! 잠도 잘 주무시네! 깨워야겠네. 아씨, 아씨, 아씨! 숫제, 백작님더러 직접 껴안으시라는 게 좋겠네. 그러면 깜짝 놀라서 눈을 뜨실 테니. 틀림없이 일어날 거야. (침대의 커튼을 젖힌다) 어머나, 새 옷을 입은 채 누워 계시네! 천하 없어도 깨워야겠다. 아씨! 아씨! 아씨! 아이고! 사람 살려! 사람 살려! 아씨가 죽었어요! 아유, 이런 변이 어디 있담! 나리! 마님!

캐퓰리트 부인 등장.

캐퓰리트 부인 이게 웬 소동이오?

유 모 아, 슬픈 날이다!

캐퓰리트 부인 대체 무슨 일인가?

유 모 저걸, 저걸 보세요! 슬픈 날이다!

캐퓰리트 부인 아, 어쩌면 좋아! 아가야, 내 아가야 살아다오, 눈을 떠다오! 안 그러면 어미도 함께 죽겠다. 큰일났어요! 누가 와주세요. 유모도 불러!

캐퓰리트 등장.

캐퓰리트 어찌 된 영문이냐? 빨리 줄리엣을 데려오라. 신랑은 이미 도착하셨다.

유 모 아씨가 죽었어요, 죽었어! 아씨가 죽었다구요! 아, 슬픈 날이로다!

캐퓰리트 부인 슬픈 날이로다. 내 딸이 죽다니! 내 딸이 죽다니, 내 딸이 죽다니!

캐퓰리트 아아, 어디 보자! 이게 어찌 된 영문이냐! 온몸이 싸늘해졌구나. 핏줄은 얼어붙고, 뼈마디는 딱딱해졌어. 입술에 생명의 입김은 사라졌구나. 들판에서 가장 아름다운 꽃 위에 때아닌 서리가 내린 것처럼 죽음이 내 딸에게 내려왔구나.

유 모 아아, 슬픈 날이로다!

캐퓰리트 부인 아아, 괴로운 시간이여!

캐퓰리트 내 딸을 빼앗아 간 죽음의 신이여, 나를 이토록 괴롭히면서, 혓바닥까지 동여매어 나로 하여금 말도 하지 못하게 하는구나.

로렌스 신부와 패리스, 그리고 악사들 등장.

로렌스 자, 신부님은 교회로 갈 준비가 다 됐습니까?

캐퓰리트 떠날 준비는 다 됐습니다만, 두 번 다시 돌아오지는 못할 길입니다. 아, 신랑이여, 결혼식 전날 밤에 신부가 죽었소. 보시오, 저기 신부가 누워 있소. 꽃다운 모습으로 잠들어 있지만 죽음이 그 꽃을 따갔다오. 죽음이 나의 사위가 되고 죽음이 나의 상속인이 되었소. 죽음이 내 딸과 연분을 맺었으니, 내가 죽으면 모든 것은 죽음의 소유물. 생명도 재산도 모조리 죽음이 갖게 되오.

패리스 오늘 아침이 찾아들기를 그토록 기다렸는데, 내 눈앞에 펼쳐진 이 광경은 무슨 일입니까?

캐퓰리트 부인 저주받은 불행한 날이여! 증오해할 비참한 날이여! 무한한 시간의 회전 속에서도 지금은 너무나 슬픈 순간이로다! 가련하게도, 하나밖에 없는 나의 외동딸, 기쁠 때나 위로를 받을 때도 꼭 하나밖에 없던 외동딸. 그 귀여운 딸을 잔인한 죽음의 손길이 낚아채 갔구나.

유 모 아아! 슬프고도 슬픈 날이여! 이토록 슬프고, 이토록 매정한 날을 유모는 일찍이 보지 못했어. 오늘이여, 오늘이여, 오늘이여! 오, 저주받을 오늘이여! 이보다 더 어두운 날을 유모는 일찍이 본 적이 없어. 아, 슬픈 날이로다! 슬픈 날이로다!

패리스 속고 찢기고 욕보고 미움을 사서 죽었다! 가장 저주받을 죽음이여, 너에게 속고, 잔인한 너에게 파멸당했다. 오, 사랑이여! 생명이여! 생명이 아니다. 죽음 속의 사랑이다!

캐퓰리트 천대받고 고통을 받으며, 미움을 사고 박해를 받으며 죽었다. 아, 괴로운 오늘이여! 무슨 까닭으로 죽어야 했는가? 이 축제를 파괴하려고 했는가? 아, 아가야! 아가야! 나의 아가가 아니라,

나의 영혼이여! 너는 이렇게 죽었구나 — 오호라, 나의 아가는 이렇게 죽었구나. 나의 아가와 함께, 나의 기쁨도 땅속에 파묻혀졌다!

로렌스 조용히들 하세요. 창피스럽게 이게 무슨 짓입니까? 아무리 법석을 떨어도, 이 소동의 원인이 되살아날 수는 없어요. 이 아름다운 따님을 하늘과 당신이 함께 소유하고 있었소. 그런데 이제 하늘이 몽땅 소유하게 되었다는 것뿐입니다. 따님에게는 그편이 훨씬 낫습니다. 따님 속에 있는 어르신네 몫은 죽음의 재난을 피할 길이 없지요. 그러나 하늘은 그의 몫을 영원한 생명 속에 살려둡니다. 당신이 따님에게 가장 크게 바란 것이 있었다면, 그것은 따님의 출세였소. 그것이 당신의 천국이었소. 그런데 지금 그 따님이 하늘 끝에 닿는 구름 장 위로 높이 날아오르는 것을 보고도 당신은 울고 있소? 도대체 이런 애정은 진정한 사랑이 아니오. 그러기에 따님의 진정한 평온을 보고 미친 듯 날뛰지 않소? 오랜 결혼생활을 보내는 여인이 가장 행복한 결혼을 했다고 볼 수는 없다오. 결혼해서 젊은 나이로 죽는 여인이 가장 행복한 결혼을 했다고 할 수 있소. 자아, 눈물을 닦으시고 이 아름다운 시체를 로즈메리 꽃으로 장식해주시오. 그런 다음, 세상 관례대로 제일 좋은 옷을 입혀 교회로 운구하시오. 어리석은 인정이 우리로 하여금 슬피 울라고 재촉하지만, 감정적인 눈물이란 이성의 웃음거리밖에 안 되는 법이외다.

캐플리트 잔칫날을 위해서 준비해둔 모든 것을 구슬픈 장례식용으로 바꾸도록 하라. 축하음악은 침울한 조종이 되게 하고, 잔칫상은 그대로 구슬픈 초상집 술상이 되게 하며, 엄숙한 축혼가(祝婚歌)는 훌쩍이는 장송곡이 되게 하며, 신방을 꾸밀 작정이던 꽃들로 시체를 덮어라. 만사를 정반대로 바꾸어라.

로렌스 안으로 들어가시오. 마나님도 같이. 그리고 패리스 백작, 당신도 안으로 가시오. 우리 모두 이 아름다운 시체가 무덤에 들어가도록 준비합시다. 하느님도 무슨 곡절이 있으셔서 이토록 노하신 겁니다. 이 이상 더 하늘의 뜻을 거역하여 신의 노여움을 자초해서는 안 되오. (유모만을 남겨두고 일동 퇴장. 줄리엣 위에 로즈메리 꽃을 뿌리고, 커튼을 닫는다)

악사들 등장.

악사 1 피리를 집어 넣고 물러가는 것이 좋겠다.

유 모 그래요, 그래. 어서들 집어 넣으시우! 알다시피 판이 싹 식어버렸어요.

악사 1 글쎄, 아무리 깨진 판이라도 이것저것 뜯어맞출 수 있습니다요.

유모 퇴장, 피터 등장.

피 터 악사들이여, 악사들이여. 〈내 마음 가벼워〉를 연주해줘! 〈내 마음 가벼워〉야! 날 살려주려면 〈내 마음 가벼워〉를 연주해주게나.

악사 1 어째서 하필이면 〈내 마음 가벼워〉를 연주하라는 거죠?

피 터 응, 악사 양반들, 그건 내 마음이 이미 〈내 마음 슬프도다〉를 연주하고 있기 때문이야. 그러니 명령한 곡을 연주해서 나를 좀 위로해달라는 부탁이다.

악사 1 안 되오! 풍악 따위를 연주할 때가 아닙니다.

피 터 못 하겠다 그 말씀이지?

악사 1 못 하겠소.

피 터 그러면 한 대 먹어보겠느냐?

악사 1 뭘 먹어봐요?

피 터 돈이 아니라 내 악담 말이다. 거지발싸개 같은 악사 놈들아.

악사 1 요 하인 놈까지.

피 터 하인 칼에 네놈 대가리 얻어맞아 보겠느냐? 네놈들 변덕은 맙소사다. 네놈들 대갈통을 몽땅 까줄까 보다. 알겠냐?

악사 1 똥땅 치면 소리가 날 테지.

악사 2 여보세요, 칼부림만은 참으세요. 말싸움으로 맞섭니다. 피터, 그렇다면 말싸움으로 쳐들어갈까! 쇠칼은 치우겠다만 놋쇠 같은 말씨로 두들겨줄 테다. 사내답게 대들어라.

쥐어짜는 슬픔에 가슴은 멍든다.
구슬픈 설움이 마음을 짓누른다.
은소리 같은 음악에 —

어째서 '은소리'냐? 어째서 '은소리 같은 음악'이냐? 여보게, 명

제금가 양반, 그 이유를 알고 있어?

악사 1 그거야 은이 달콤한 소리를 내기 때문이죠.

피 터 멋지다! 여봐, 깡깡이 악사, 자네 의견은?

악사 2 그거야 악사들이 은전을 받고 연주를 하니 은소리가 되는 거죠.

피 터 희한하다! 줄 조르개 악사, 자넨 어떤가?

악사 3 저는 참말이지 모르겠습니다.

피 터 미안하게 됐군! 자넨 노래꾼이지. 내가 대신 말해주지. '은소리 같은 음악' 은 악사들이 연주를 해도 황금을 벌지 못하기 때문이야.

은소리 같은 음악에
금세 풀리는 울화증이여. (피터 퇴장)

악사 1 지랄하네, 망할 자식!

악사 2 뒈져라, 개망나니 녀석! 자, 우리들도 안으로 들어가세. 문상객들이 올 때까지 빈둥거리다가 한 끼 얻어먹고 떠나세. (일동 퇴장)

제5막

제1장 만토바 거리

로미오 등장.

로미오 만약에 달콤한 꿈이 사실일 수 있다면, 내 꿈은 무슨 희소식의 징조임에 틀림없다. 이 가슴의 주인인 사랑의 신은 가벼이 옥좌에 앉아, 오늘 진종일 별난 기운 땜에 날 들뜨게 해서 발이 땅에 닿지 않게 한다. 꿈에 내 님이 와서 내가 죽어 있는 것을 보았어. 죽은 자가 생각을 할 수 있다는 것은 이상한 일이야. 님은 여러 번 되풀이해서 내 입술에 입 맞추며 생명의 입김을 불어넣어주었어. 그 덕택으로 나는 소생하고 제왕이 되었다는 꿈이었어. 사랑의 그림자만으로도 이토록 기쁠 수 있다면 진정한 사랑을 소유했을 때에는 얼마나 그 기쁨이 크겠는가!

로미오의 하인 밸더자가 장화를 신은 채 여행복 차림으로 등장.

베로나에서의 소식이로구나! 어떻게 지냈느냐, 밸더자! 신부님의 편지를 갖고 왔겠지? 내 님은 잘 있느냐? 아버지는 안녕하시더냐? 다시 묻겠네만, 줄리엣은 무사한가? 님만 안녕하시다면 만사 좋을 수밖에 없다.

밸더자 그 위에 아씨는 무사하시고 만사태평입니다. 아씨 시체는 캐퓰리트 집안의 선산 묘소에 잠들고, 그녀의 영혼은 천사들과 함께 계십니다. 소생은 아씨께서 집안 묘소에 안치되는 것을 확인한 즉시, 소식을 전하려 뛰어온 참입니다. 이 같은 궂은 소식을 가져와서 죄송스럽기 짝이 없습니다만, 이것도 모두 도련님께서 분부하신 일이라 어쩔 수 없습니다.

로미오 그게 틀림없는 소리냐? 그렇다면 운명이여, 나는 너를 거역한다! 너, 내 숙소를 알지. 가서 잉크와 종이를 갖고 오너라. 그리고 역마도 빌려와. 나는 오늘 밤 출발하겠다.

밸더자 도련님, 부탁합니다. 제발 성미를 내지 마십쇼. 안색이 퍽 나쁩니다. 태도가 심상치 않습니다. 무서운 일이 일어날 듯합니다.

로미오 터무니없는 소리는 집어치워. 내 일은 참견 말고 시키는 대로 해. 신부님으로부터 아무런 전갈도 없었느냐?

밸더자 없사옵니다.

로미오 상관없다. 어서 가라. 말을 빌려와. 곧 내가 뒤따라 갈 테니. (밸더자 퇴장) 오, 줄리엣, 오늘 밤에는 그대와 함께 잠자리에 들련다. 문제는 그 방법이다. 파괴의 악마 녀석, 재빠르게도 절망한 자의 가슴속에 파고드는구나. 아, 그 약제사 생각이 떠오르는군. 틀림없이 이 근처에 살고 있을 텐데. 얼마 전에도 누더기를 걸치고 불쑥 튀어나온 이마를 하고 약초를 캐고 있었지. 가난에 쪼들려 얼굴이 앙상해져서 뼈만 남아 있었어. 초라한 그의 점포에는 거북과 말린 악어, 그 밖에 여러 가지 생선 껍질들이 흉하게 매달려 있었어. 선반 언저리에는 궁상스러운 빈 상자, 푸른 토기류, 오줌주머니, 곰팡이 핀 씨앗, 쓰다 남은 끄나풀 나부랭이, 말린 장미 꽃잎들이 사방에 흩어져서 겨우 약방을 꾸미고 있어. 그 궁상을 보고 나는 생각했지. 독약을 파는 자는 사형이라지만, 만약에 독약을 구해야 할 필요가 생기면 이 약방 영감이 꼭 구해줄 거다. 그러고 보니 내 처지를 예언해주었구나. 아무튼 그 가난뱅이 약방 영감 보고 독약을 팔아 달라고 졸라야지. 바로 이 가게였는데, 휴일이라 문을 닫았을까? 여보게, 약방 영감!

약제사 등장.

약제사 누구요, 그렇게 큰소리로?

로미오 이리 좀 오시오. 당신 돈푼깨나 아쉬운 모양인데, 여기 사십 두카트가 있소. 가져요. 그 대신 독약 좀 주구려. 마시기만 하면 금세 온 혈관 속에 퍼져서, 마치 불 댕긴 화약이 순식간에 백발백중의 대포 배때기에서 터져 나오듯이, 사는 것에 넌덜머리가 난 내 체내로부터 일시에 목숨의 숨결을 날려보내줄 효력 만점의 독약을 갖고 싶소.

약제사 때마침 그런 독약을 갖고 있습니다만, 팔았다가는 만토바의 법에 따라 사형입니다.

로미오 가난에 찌들어 별 고생 다 하면서도 여전히 목숨이 아깝소? 당신의 두 볼에는 굶주림이 괴어 있고, 두 눈에는 궁핍이 엿보이고, 등에는 천대와 곤궁이 축 늘어져 있으면서도. 이 세상은 당신의 친구가 아니오. 이 세상의 법률도 당신의 벗이 아니오. 이 세상의 법률이 당신을 부자로 만들어준답디까? 제발 궁상떨지 말고 이 돈을 받으시오. 그 법을 깨뜨리면 되지 않소.

약제사 받긴 하겠습니다만, 제 본의가 아닙니다. 그저 가난한 탓이죠.

로미오 나도 당신 마음에 이 돈을 주는 것이 아니라 가난에 주는 거라오.

약제사 (약병을 내주면서) 이것을 마시고 싶은 음료수에 타서 마시세요. 마시고 나면 댁이 스무 명의 힘을 당해내는 장사라 할지라도 당장에 숨이 끊어질 겁입니다.

로미오 자, 돈 여기 있수. 사실 돈만큼 인간의 영혼에 해독을 끼치는 것도 없을 것이오. 당신이 팔기를 꺼리는 이 하찮은 독약보다도 더 무서운 살인을 돈은 이 더러운 세상에서 저지르고 있소. 독약을 판 것은 나고, 당신은 아무것도 팔지 않았소. 잘 있으시오. 음식을 사서 먹으시오. 살도 좀 찌고. (약제사 퇴장) 자, 독약이 아닌 활력소야, 나와 함께 줄리엣의 무덤으로 가자. 그곳에서 너를 사용해야겠다. (퇴장)

제2장 로렌스 신부의 사제관(암자)

존 신부 등장.

존 프란체스코파의 로렌스 신부! 여보세요.

로렌스 신부 등장.

로렌스 존 신부의 목소리 아닌가. 만토바로부터 여기까지 오시느라 수고 많았소. 로미오의 회답은? 편지를 받아왔다면 어서 내놔요.

존 동행할 맨발의 프란체스코파 동료 신부님을 한 분 찾아갔는데, 마침 그분이 시내의 어느 환자를 병문안 온 자리에서 만났어요. 그러자 시 검역관들은 우리들이 그 전염병 환자 집에 간 혐의로, 문을 폐쇄하고 외출금지령을 내리는 바람에 만토바행이 늦어졌지요.

로렌스 그러면 내 편지는 누가 로미오한테 전해줬소?

존 그걸 보내질 못해서 — 여기 다시 갖고 있습니다만 — 모두들 전염병이 무섭다고 해서 그것을 당신에게 돌려보내자니 갈 사람이 아무도 없었어요.

로렌스 운이 꽉 막혔구나! 사실인즉슨, 그 편지는 흔히들 하는 간단한 편지가 아니라, 그야말로 중요한 용건이 담겨 있는 편지요. 그 편지를 그냥 내버려두면 뜻밖의 중대사가 발생할 것입니다. 존 신부, 어서 가서 쇠지레를 하나 이 암자로 구해다 주시오.

존 가서 구해 오리다. (존 신부 퇴장)

로렌스 혼자서 묘지로 가봐야겠군. 앞으로 세 시간 안으로 줄리엣 아가씨가 깨어날 텐데. 이 일을 로미오에게 전하지 않았음을 아가씨가 알면 얼마나 나를 원망할 것인가. 여하튼, 다시 한번 만토바에 편지를 내서 로미오가 올 때까지 아가씨를 내 암자에 안치해

놓도록 하자. 가엾게도 산송장이 되어 시체들이 있는 무덤 속에 누워 있으니! (퇴장)

제3장 캐풀리트 가의 묘소

패리스, 횃불과 꽃다발과 향수를 든 사동(使童)과 등장.

패리스 여봐, 그 횃불 이리 줘. 너는 저리 가 있어라. 그래, 횃불은 끄는 게 좋겠다. 사람들 눈에 띄고 싶지 않다. 저어기, 주목나무 밑에 엎드려 누워서 귀를 우묵한 땅바닥에 바싹대고 있어. 무덤을 판 뒤로 땅은 느슨해져서 물렁물렁하니까, 묘지를 걷는 발소리쯤은 충분히 들을 수 있다. 들리면 누가 오는 신호로 휘파람을 불어. 그 꽃다발을 이리 다오. 시킨 대로 해. 자, 가라.

사 동 (방백) 이런 묘지에 혼자서, 무서워 죽겠지만 할 수 없군. 어디 해보자. (숨는다) (패리스, 꽃다발을 무덤에 흩뿌린다)

패리스 꽃 같은 처녀여, 너의 신방에 이 꽃을 뿌리겠다. 아, 슬프도다! 너의 닫집은 흙과 돌로 된 천장이 아닌가. 밤마다 향기로운 물을 내가 뿌려주마. 그것도 모자라면 신음 소리로 맺히는 이슬 같은 눈물을 너에게 뿌려주마. 너를 위한 장례로 밤마다 나는 너의 무덤에 꽃을 뿌리고 눈물을 쏟으리라. (사동이 휘파람을 분다) 누가 오는 모양이다. 아이가 신호를 하네. 어떤 몹쓸 놈의 발목이 한밤중에 이런 곳에 헤매면서 정성어린 장례를 방해하려는가. 아니, 횃불까지 들고? 캄캄한 밤의 장막이여, 잠시 동안만 나를 휘어 감아라. (패리스, 숨는다)

로미오와 밸더자. 횃불, 곡괭이, 쇠지레 등을 들고 등장.

로미오 그 곡괭이와 쇠지레는 날 주고, 이 편지를 들고 내일 아침 일찍 아버님께 전하도록 하라. 횃불도 이리 다오. 내가 단단히 일러두지만, 어떤 소리가 나든 무엇을 보든 모르는 척하고, 절대로 내가 하는 일에 참견 말고 멀리 떨어져 있어. 내가 지금 이 묘지 속에 들어가는 이유는 줄리엣의 얼굴을 보고 싶어서이기도 하지만, 더 중요한 일은 아씨의 죽은 손가락에서부터 귀한 보석 반지를 슬쩍 뽑는 일이다. 나는 그 반지를 중대한 일에 쓰고자 한다. 그러니 너는 저리 가 있어라. 만약에 의심을 품고, 다시 돌아서서 기웃거리기라도 할 양이면 하느님께 맹세코 너의 사지를 갈기갈기 찢어놓을 테다. 그리하여 굶주린 이 묘지 주변에 네 몸을 토막 내어 뿌릴 테다. 시간은 바야흐로 한밤중이고, 내 마음도 거칠 대로 거칠어졌다. 굶주린 호랑이보다, 성난 바다보다 더 잔인해지고 포악해졌다.

밸더자 가겠습니다. 결코 일을 방해하지 않겠습니다.

로미오 그래야 우정이 표시되는 것이 아니겠느냐. 이걸 받아라. (돈을 준다) 떵떵거리며 잘 살아보아라. 잘 가라.

밸더자 (방백) 저렇게 말씀은 하시지만 난 이 근처에 숨어 있어야겠어.

안색이 심상치 않으셔. 무슨 일을 저지를지 걱정이야. (밸더자 숨는다)

로미오 너, 보기 싫은 아가리야, 죽음을 잉태한 배때기야, 이 세상에서도 가장 귀한 진미를 맛보았지? 네놈의 썩은 아가리를 이렇게 벌리고, (무덤 뚜껑을 열기 시작한다) 원한으로 음식을 더 처넣어주겠다.

패리스 저건 추방당한 거만한 몬태규 집의 자식 새끼, 저자가 내 애인의 오빠를 죽이고, 그 슬픔 때문에 아름다운 줄리엣의 목숨까지 단축시킨 장본인 로미오가 아니냐? 그런데 지금 시체에까지 악행을 저지르려고 왔구나. 저놈을 체포해야지. (앞으로 걸어나간다) 야, 몬태규 집 악당아! 추잡한 짓을 삼가라! 죽인 후에 또 복종하여 내 뒤를 따르라. 네놈은 살려둘 수 없다.

로미오 어차피 살 수 없는 몸이기에 이곳까지 오긴 왔다. 그대는 젊고 훌륭한 젊은이가 아닌가. 절망한 끝에 미쳐버린 인간을 너무 화나게 만들지 말게. 어디론지 꺼져버리게. 내 일은 상관하지 말게. 고인들을 생각해서 조금이나마 두려움을 알게. 젊은이, 제발 부탁하네. 나를 분노케 하여, 더 이상 죄를 짓게 하지 말아주게. 제발 물러나게나! 정말이지, 나 자신보다도 그대를 나는 더 좋아해. 내가 이곳에 온 것은 내 스스로를 죽이기 위해서야. 이곳에서 우물쭈물 어정대지 말고, 제발 망설이지 말고 어서 떠나가, 살아남아서 미친놈의 자비심 덕으로 도망쳐 나왔다고 전하게나.

패리스 그따위 소원을 누가 들어주겠느냐? 너를 당장 중범죄로 체포하겠다.

로미오 내 비위를 거스르기냐? 그렇다면 이 칼을 받아라, 요 녀석아! (그들은 싸운다)

사 동 오, 맙소사. 칼싸움을 하시네! 야경꾼을 불러와야지. (사동 퇴장)

패리스 아, 나는 살해됐다! (패리스, 쓰러진다) 인정이 있으면 무덤의 문을 열고, 나를 줄리엣 곁에 눕혀주오. (패리스, 죽는다)

로미오 네 소원을 들어주마. 하지만 우선 얼굴이나 한 번 보자. 머큐쇼의 친척인 패리스 백작이 아닌가! 말을 타고 오는 도중, 마음이 산란해서 잘 듣지 못했는데, 밸더자 녀석이 뭐라 말했던가? 확실히 패리스와 줄리엣의 결혼식이 있다고 말한 듯해. 그렇게 말하지 않았던가? 아니면 내가 꿈을 꾼 것이 아니었을까? 줄리엣 얘기가 나오자 내가 미쳐버려 그렇게 단정하게 되었는가? 패리스, 그대 손을 이리 주게. 나와 마찬가지로 그대도 불행한 운명의 리스트에 이름이 올려진 인간이었군. 그대를 반드시 영광의 묘소에 묻어주겠다. 묘소라? 아니다, 죽은 젊은 분, 무덤이 아니라 광명의 정탑(頂塔)이다. (그는 무덤의 뚜껑을 연다) 보라, 이곳엔 줄리엣이 잠들어 있고, 그녀의 아름다움은 이 묘소를 휘황찬란하게 비추고 있다. 죽음이여, 여기서 잠들어라. 너를 묻는 이 손도 죽음의 손이다. (무덤 속에 패리스를 눕힌다) 죽음에 직면한 인간들이 때로 명랑해진다는 얘기가 있지. 임종을 지켜보는 사람들은 그것을 임종의 섬광이라고 한다지. 하지만 이것을 어찌 섬광이라고 할 수 있을까? 오, 나의 애인이여, 사랑하는 아내여, 꿀

같이 달콤한 너의 숨결을 빨아 마신 죽음도 너의 아름다움 앞에서는 무력하구나. 그대는 아직 정복되지 않았다. 뺨에도 입술에도 미의 깃발은 붉게 휘날리고 있다. 죽음의 창백한 깃발은 아직 여기까지 쳐들어오지 못하고 있다. 티볼트, 너도 붉게 물든 수의에 감겨 거기 누워 있구나. 너의 청춘을 두 동강이 낸 바로 이 손으로 네 원수였던 이 몸을 찢는 것 이상으로 네게 베풀 적선은 없을 것이다. 용서해다오, 티볼트! 아, 사랑스러운 줄리엣, 어째서 그대는 그토록 아름다운가? 혹시나 저 망령 같은 죽음의 신이 그대를 사모하여, 피골이 앙상한 괴물이 이 어둠 속에 당신을 가두어두고 정부로 삼자는 것이 아닌가? 그 일이 두려워 나는 그대와 함께 있으련다. 다시는 이 캄캄한 밤의 궁전에서 떠나지 않겠다. 여기, 바로 여기에 나는 그대의 시녀인 구더기들과 함께 남아 있으련다. 이곳은 나에게 있어서 영원한 휴식의 장소다. 세상에 지친 육체에서 박명한 별들의 멍에를 떨어버리련다. 눈이여, 너의 마지막 시선을 던져라! 팔이여, 마지막으로 님을 껴안으라! 오, 입술이여, 너 생명의 문이여, 정당한 입맞춤으로 만물을 독점하는 죽음과 영원한 계약증서에 봉인을 하라! 자아, 오너라, 씁쓸한 맛이 도는 죽음의 길잡이여, 흉흉한 냄새가 풍기는 죽음의 안내인이여, 오너라! 물불 모르는 뱃사공아, 파도에 밀리고 바다에 지친 너의 배를 당장 암석에 부딪쳐다오! 나의 연인을 위해서! (독약을 마신다) 아, 정직한 약제사로구나! 너의 약효가 신통하다. 이렇게 입을 맞추며, 나는 죽는다. (그는 쓰

러진다)

묘소의 다른 쪽 방향에서 로렌스 신부가 등불, 괭이, 삽을 들고 등장.

로렌스 프란체스코 성자님, 도와주소서! 오늘 밤 따라 왜 이렇게 늙은 발목이 묘지에 걸리기만 하는가! 거 누구요?

밸더자 수상한 자가 아닙니다. 당신을 잘 알고 있는 사람입니다.

로렌스 아, 자넨가! 잘됐구먼. 그런데 저기 비치고 있는 등불은 무엇인가? 부질없이 구더기나 눈알 없는 해골들을 비추고 있잖은가? 보아하니, 캐퓰리트 가의 묘소에서 타고 있는 듯하네.

밸더자 그렇습니다. 로렌스 신부님. 신부님께서 사랑하시는 도련님도 저곳에 계십니다.

로렌스 누구 말인가?

밸더자 로미오 도련님 말입니까?

로렌스 언제부터 거기 있었느냐?

밸더자 삼십 분은 충분히 됩니다.

로렌스 나와 함께 묘소로 가자.

밸더자 갈 수 없습니다. 도련님은 제가 이미 가버린 줄 알고 있습니다. 만일에 우물쭈물 남아서 도련님이 하시는 일을 몰래 훔쳐보면 죽여버리겠다고 호통을 치셨습니다.

로렌스 그렇다면 이곳에 남아 있거라. 나 혼자서 가보마. 겁이 덜컥 나네. 무슨 불길한 일이 일어났는지도 모를 일이다.

밸더자 제가 이 주목나무 아래서 꾸벅꾸벅 졸고 있을 때, 꿈속에서인 듯 저의 도련님이 누구하고 싸우는 것 같았는데, 도련님이 그분을 죽이는 것 같았습니다.

로렌스 로미오! (앞으로 나서서 몸을 굽힌다. 피가 낭자한 바닥과 피 묻은 무기를 발견한다) 아이고, 이게 웬 피냐? 묘소의 돌 입구를 붉게 물들이고 있구나. 이것은 또 어찌 된 영문이냐. 주인 없는 피투성이 칼 두 자루, 안식의 장소에 피 묻은 채 버려져 있으니? (그는 묘소 안으로 들어간다) 로미오로구나! 아, 창백한 얼굴! 또 한 사람은 누구냐? 아니, 패리스가 아닌가? 온몸이 피에 젖어 있네. 아, 무참한 시간의 행패! 이렇게도 비통한 일을 저질러놓다니! 줄리엣이 깨어나네.

줄리엣이 눈을 뜬다.

줄리엣 아, 고마우신 신부님! 저의 낭군은 어디 있습니까? 제가 지금 어디에 있는지는 잘 알고 있습니다. 바로 이곳이죠. 저의 로미오님은 어디 계십니까?

로렌스 인기척이 난다. 줄리엣, 어서 죽음과 질병과 부자연스러운 잠자리에서 나와라. 인간의 힘으로는 어쩔 수 없는 크나큰 힘이 우리들의 계획을 방해했다. 자, 밖으로 나와라. 네 남편은 너의 가슴 위에 숨이 끊어진 채 쓰러져 있다. 패리스 백작도 마찬가지란다. 네 일은 수녀단에 부탁하마. 아무 말도 말고 밖으로 나가자. 야경꾼이 오는 모양이다. 줄리엣, 어서, 나가자. 더 이상 지체할 수 없다.

줄리엣 신부님이나 나가세요. 전 이대로 있겠어요. (로렌스 급히 퇴장) 이것이 무엇일까? 잔이로구나. 로미오 님 손에 꼭 쥐여져 있구나? 알았어. 독약을 마시고 임종하셨네. 아, 지독하셔라! 모조리 따라 마셨어. 나에겐 단 한 방울도 남겨놓지 않았네. 뒤쫓아갈 수 없게 하기 위함이로군. 당신의 입술에 입을 맞출래요. 혹시나 독약이 입술에 아직도 묻어 있다면 그 독은 오히려 생명의 묘약이다. 나도 함께 그이와 함께 죽을 수 있어. (입을 맞춘다) 아직도 포근한 당신의 입술!

야경꾼 (안에서) 야, 앞서라. 어느 쪽이냐?

줄리엣 아, 인기척이 나네? 급히 서둘자. 오, 반가운 단검이여! (줄리엣은 로미오의 단검을 잡아 뺀다) 이 가슴이 네 칼집이다. (칼로 가슴을 찌른다) 거기 박혀서 나를 죽여다오.

로미오의 시체 위에 쓰러져 죽는다.
야경꾼들이 패리스의 사동을 데리고 등장.

사 동 여기예요. 보세요, 저기 횃불이 타고 있는 곳이죠.

야경꾼 1 땅바닥이 온통 피투성이로군. 묘소 일대를 찾아보라. 여보게들, 한 패는 가서 아무 놈이든 만나는 대로 체포하라. (야경꾼 몇 명의 퇴장) 처참한 광경이로구나! 백작이 살해되어 여기 쓰러져 있다! 줄리엣은 피를 흘리고 있다. 아직도 피가 따뜻한 것이 죽은 지 얼마 되지 않았다. 줄리엣은 이틀 전에 장례식을 치렀는데. 영주님한테 가서 보고를 올리자. 캐퓰리트 집으로 달려라.

몬태규 집 사람들을 흔들어 깨우라. 나머지 사람들은 수색을 계속하라. (다른 야경꾼 퇴장) 슬픈 사연들이 땅 위에 깔려 있는 것을 우리는 볼 수 있다. 그러나 이 뼈아픈 불행의 진정한 원인만은 좀 더 자세히 조사하지 않고서는 알 수 없구나.

밸더자를 데리고 일단의 야경군들이 등장.

야경꾼 2 이 사람이 로미오의 하인인 모양입니다. 묘지에서 발견했어요.

야경꾼 1 영주님이 오실 때까지 꼭 붙들어두게.

로렌스 신부가 다른 일단의 야경꾼들과 함께 등장.

야경꾼 3 이 신부님은 그저 벌벌 떨고 한숨을 지으며, 울고만 있어요. 묘지 이쪽에서부터 도망치려는 것을 체포했습니다. 괭이와 삽도 압수해놓았습니다.

야경꾼 1 수상한 작자로군! 그 신부도 잡아두게.

영주, 종복들을 이끌고 등장.

영 주 이른 아침부터 무슨 사고냐? 고요한 새벽잠으로부터 사람들을 깨웠으니.

캐퓰리트 부부와 그 밖에 여러 사람 등장.

캐퓰리트 시내가 발칵 뒤집혔으니, 무슨 일이오?

캐퓰리트 부인 아유, 사람들이 한길에서 큰소리로 로미오를 부르는가 하면 또 줄리엣을 부르기도 하고, 어떤 사람은 패리스를 부르면서 모두들 고래고래 고함을 지르며 우리 묘소로 달려오고 있어요.

영 주 사람의 귀를 깜짝 놀라게 하는 이 공포의 아우성은 도대체 무엇인가?

야경꾼 1 영주님, 여기 패리스 백작이 살해되어 쓰러져 있습니다. 로미오도 죽었습니다. 이미 죽은 줄리엣은 따뜻한 체온이 아직 남아 있는 걸 보니 새로 살해된 것 같습니다.

영 주 잘 조사하여, 어찌하여 이 같은 흉측한 살인이 이루어졌는지 분명히 밝혀라.

야경꾼 1 신부 한 사람과 로미오의 하인이 잡혔는데 고인의 묘지를 파헤칠 수 있는 갖가지 연장을 지니고 있었습니다.

캐플리트 이게 무슨 변이냐! 여보, 피투성이가 된 우리 딸년을 좀 봐요! 이놈의 단검이 미쳤지. 몬태규 허리에 있는 칼집은 비어 있는데, 엉뚱한 게 내 딸 가슴팍이 칼집인 양 단검이 꽂혔으니!

캐플리트 부인 아! 이 나이에 이르러 이같이 처참한 꼴을 봐야 하다니, 죽음이 코앞에 닥쳐온 것을 알리는 조종(弔鐘) 같구나.

몬태규와 그 밖에 여러 사람들 등장.

영 주 어서 오시오, 몬태규. 당신도 때아니게 아침잠을 설쳤지만, 보시다시피 당신의 아들은 벌써 잠들어 있소.

몬태규 아, 영주님, 간밤에 제 처가 죽었습니다! 아들의 추방을 슬퍼하더니 마침내 숨을 끊고 말았소. 늙은 이 몸에 이 이상 더 큰 불행이 닥칠 수 있겠습니까?

영 주 저걸 보면 알게 되오.

몬태규 아, 이 버릇없는 자식! 애비보다 먼저 무덤에 오다니, 이게 무슨 짓이냐?

영 주 잠시 노여움을 가라앉히시오. 우선 이 여러 가지 미심쩍은 점을 풀고 그 뿌리와 원인과 경과에 대한 진상을 밝혀낼 때까지는 입을 다뭅시다. 당신네들의 불행을 누구보다도 나는 슬퍼하고 있소. 범인의 목숨을 빼앗아서라도 이 원한을 풀어드리겠소. 그때까지는 슬픔을 참고 견딥시다. 자, 용의자들을 이리로 끌어내라.

로렌스 제게 가장 큰 책임이 있습니다. 가장 무능한 제가 때와 장소가 뜻대로 되지 않아서 이토록 무서운 사건의 책임을 몽땅 뒤집어쓰게 되었습니다. 이 자리에 당당히 서서 제 자신이 비난을 받을 일은 받되, 정당한 사유에 대해서는 해명도 할 작정입니다.

영 주 그럼, 이 사건에 대해서 아는 바를 당장 말해보시오.

로렌스 간단히 말씀드리겠습니다. 짧은 여생이라, 지루하게 늘어놓을 여가도 없습니다. 거기 죽어서 누워 있는 로미오는 줄리엣의 남편이고, 역시 거기 죽어 있는 줄리엣은 로미오의 충실한 아내였습니다. 제가 이들을 결혼시켰습니다. 그들이 남몰래 올린 비밀 결혼식 날이 티볼트가 횡사한 날이었습니다. 티볼트의 횡사 때문에 식을 올린 지 얼마 안 된 신랑은 이 도시에서 추방되었으며, 또한 줄리엣의 슬픔인즉슨 티볼트의 죽음보다는 남편 로미오의 추방이 더 가슴 아팠습니다. 그런데 여러분들은 줄리엣의 슬픔을 덜어주기 위하여 패리스 백작과 강제로 약혼시켜 결혼식을 올리려고 했습니다. 바로 그때, 줄리엣 아가씨가 저한테 와서 험상궂은 낯으로 이 두 번째 결혼으로부터 헤어나는 방법을 강구해달라고 간청했습니다. 그렇잖으면 저의 암자에서 자살이라도 하겠다는 것이었습니다. 그래서 저는—스스로 익혀둔—수면제를 주었습니다. 이 약은 예상한 대로 금방 효험이 있어서 아가씨는 가사상태에 빠지게 되었습니다. 한편 저는 로미오에게 편지를 썼지요. 이 무서운 오늘 밤은 마침 약효가 끊어질 시각이니 로미오가 이곳으로 돌아와서 나와 함께 줄리엣을 매장 상태에서 구출하는 데 힘써달라 하는 내용이었습니다. 그런데 마침 심부름을 보낸 존 신부가 뜻밖의 사고로 못 간 바람에 그날 밤 그 편지를 전달하지 못한 채 그대로 들고 왔습니다. 그래서 결국은 저 혼자 줄리엣이 깨어날 예정 시간에 맞춰 집안 묘소에 가서 구출할 생각이었습니다. 여하튼 일시적으로나마 줄리엣을 저의 처소에 숨겨두고 기회를 엿봐 로미오에게 하인을 보내 연락할 작정이었습니다. 그러나 아뿔싸, 그녀가 깨어나기 직전에 이곳에 당도해보니, 뜻밖에도 패리스 백작과 로미오가 죽어 있지 않겠습니까. 이윽고 줄리엣이 깨어나자 저는 곧 밖으로 나가자고 권하고, 이게 다 하늘의 뜻이니까 이 시련을 꾸욱 참고 견뎌나가자고 말했습니다. 바로 그때 인기척이 나서 저는 깜짝 놀라 묘소 밖으로 도망쳐 나왔습니다만, 줄리엣은 절망적인 상태에 빠져 저와 함께 밖으로 나가려 하지 않았습니다. 결국은 자살을 하고 만 것 같습니다. 제가 알고 있는 것은 이것이 전부올시다. 결혼에 관해서는 유모도 관여하고 있습니다. 이 일에 조금이라도 제 과실이 있다면 어차피 다 늙은 몸, 엄중한 법의 심판에 따라 어떠한 벌을 내리셔도 달게 받겠습니다.

영 주 우리들은 그대를 덕망 높은 성직자로 알고 있소. 로미오의 하인은 어디 있느냐? 할 말이 있으면 하라.

밸더자 줄리엣 아씨가 죽은 소식을 제가 주인 나리에게 전했더니, 주인께서는 부랴부랴 만토바에서 이곳 묘소까지 달려오셨습니다. 저더러 이 편지를 아침 일찍 그분의 부친에게 전하라고 분부하신 다음, 묘소로 내려가면서 여기 이대로 도련님을 남겨두고 그냥 물러나지 않으면 저를 죽여버리겠다고 위협하셨습니다.

영 주 그 편지를 이리 다오. 내가 읽어보겠다. 그런데 야경꾼을 깨운 백작의 하인은 어디 있느냐? 그래, 자네 주인은 여기서 뭘 하고 있었느냐?

사 동 주인께선 부인의 무덤에 꽃을 뿌리시겠다고 하시면서 저더러 멀리 떨어져 있으라고 명령하시기에 저는 시키는 대로 했죠. 이윽고 어떤 사람이 등불을 들고 와서 무덤을 열려고 했습니다. 그러자 주인께서는 칼을 뽑아 그 사람에게 대들었죠. 저는 황급히 야경꾼을 부르러 마구 뛰어갔습니다.

영 주 이 편지를 읽어보니, 두 연인들의 내력, 줄리엣의 죽음을 알리는 소식 등 신부님의 말씀이 모두 사실임이 밝혀졌소. 이 편지에 의할 것 같으면, 로미오가 가난한 약제사로부터 독약을 사서 그것을 갖고 죽을 결심으로 이 묘지를 찾아와 줄리엣과 함께 잠들고자 했음을 알 수 있소. 양쪽 원수지간들은 어디 있소? 캐퓰리트, 몬태규, 그대들의 증오심 위에 어떤 천벌이 내렸는지 보오. 결국 그대들의 기쁨이어야 할 자식들은 서로 사랑하게 됐는데 하늘은 되레 그들을 희생시키고 말았소. 그런데 나도 그대들의 반목을 소홀히 다루다가 두 친척을 잃었소. 모두 다 천벌을 받은 셈이오.

캐퓰리트 오, 몬태규 사돈 영감, 손을 잡읍시다. 이것은 내 딸의 유산입니다. 이 이상 더 무엇을 바랄 수 있겠습니까.

몬태규 허나 그 이상을 드리겠습니다. 나는 순금으로 그대 따님의 동상을 세워서, 베로나의 이름이 남고 남는 동안 진실하고 절개가 굳은 줄리엣의 모습이 세상의 찬양을 받도록 하겠습니다.

캐퓰리트 그러면 줄리엣과 똑같이 훌륭한 로미오의 동상을 그의 아내 곁에 세우리다. 가련하게도 두 집안의 반목 때문에 희생당한 원앙새들이죠!

영 주 오늘 아침에는 구슬픈 평화가 깃들고 있다. 태양도 슬퍼선가 고개를 못 드는구려. 자, 이제 가서 천천히 이 서러운 얘기를 나누도록 하자. 용서할 사람은 용서하고, 벌할 사람은 벌합시다. 줄리엣과 로미오의 얘기만큼 불행한 얘기가 이 세상에 또 어디 있겠소. (일동 퇴장)

셰익스피어 희극의 이해

1. 셰익스피어 희극의 전통과 특성

셰익스피어 희극작품이 전통과 어떤 관계를 맺고 있는가, 또는 그의 희극작품에 보이는 공통된 희극적 원리 · 주제 · 구조, 희극적 효과, 사상 등은 무엇인가를 해명하는 일은 그의 작품의 이해를 위해 중요한 전제가 된다.

셰익스피어의 희극작품에서 특히 중요한 사실은 틸랴드(E.M.W. Tillyard)가 이미 그의 논문 「희극의 특성과 셰익스피어」에서 지적하고 있는 다음과 같은 분석에서 명백히 드러난다. "당대의 희극작품과 셰익스피어의 희극을 구분 짓는 특징은 '혼합의 양(the amount of blending)'이다. 작품 하나하나가 개성적이다. 그러나 거의 모든 작품이 혼합의 비율은 다르지만 다른 작가의 작품에서 볼 수 있는 온갖 요소를 지니고 있다." 이것이 이른바 셰익스피어 희극의 다양성과 중층성을 만드는 원인이 된다.

셰익스피어는 그리스 로마 고전 희극의 전통을 이어받고, 중세극의 영향을 받았다. 이탈리아 르네상스 시대의 희극작품은 그가 직접 모방하면서 재창조의 기틀을 삼은 걸작들이다. 메난드로스(Menandros), 아리스토파네스(Aristophanes), 플라우투스(Plautus), 그리고 테렌티우스(Terentius) 등 위대한 희극작가들의 다양한 영향에서 그는 결코 벗어날 수 없었다.

영국 최초의 희극작품인 니콜라스 우달(Nicholas Udall)의 〈랠프 로이스터 도이스터〉(1552)나 영국 대학의 대표적 지성이면서 당대의 대표적인 극작가였던 릴리(Lyly)와 필(Peele), 토머스 내시(Thomas Nash), 로버트 그린(Robert Greene), 토머스 로지(Thomas Lodge), 크리스토퍼 말로(Christopher Marlowe) 등의 작품에서도 영향을 받은 그의 작품은 다양한 표현 양식과 플롯, 방대한 내용과 폭넓은 주제의 선택, 언어와 시청각적 효과의 절묘한 배합으로 다변적 무대가 가능한 희곡작품을 완성했다.

1587년은 셰익스피어가 극단을 따라 런던으로 갔을 것이라고 추측되는 해였으며, 1588년은 영국이 스페인 무적함대를 격파한 해다. 이 때문에 엘리자베스 시대 사람들은 윤택하고 활력에 넘친 생활을 즐기고 있었는데, 때는 바야흐로 중세의 규제와 억압에서 풀려난 런던 시민들이 르네상스 운동의 거센 물결 속에서 새 시대의 자유와 해방을 만끽하고 즐거운 인생을 구가하던 시기였다. 이런 시대적 배경은 영국의 희극 발전에 중요한 의미를 지니게 된다.

셰익스피어가 창작 활동을 시작하기 전 30년 동안 영국에서는 약 35편의 희극작품이 발표되었고(이 가운데 반은 현재 유실되고 없다), 셰익스피어가 1590년부터 작품을 발표하기 시작하여 20년 동안에는 200편 이상의 희극작품이 런던에서 발표되었는데(4분의 1은 유실), 이 사실로 미루어볼 때 시대와 작가, 그리고 극단과 관객의 조화로운 유대가 이 시대만큼 잘 형성된 때도 없었다.

엘리자베스 시대 희극은 일반적으로 극 형식과 내용이 이미 언급한 대로 외래적 영향과 토착적인 것이 혼합된 다양한 면모의 연극이었다. 셰익스피어가 희극을 쓰기 시작한 시기에 런던 희극 무대에서 발견된 두드러진 특징은 이탈리아 희극의 유입이었다. 이탈리아를 배경으로 한 그의 두 편의 작품 〈로미오와 줄리엣〉과 〈오셀로〉는 이탈리아 가정희극이 서정극이나 비극으로 둔갑한 경우인데, 이 일은 대학 극작가들이나 당대 영국 시인 스펜서(Spenser)나 마벨(Marvell)에서도 발견되는 특징이다. 셰익스피어의 경우는 그의 희극의 장면 설정이나 등장인물, 그리고 행태 등이 이탈리아와 관련된다는 점에서 이와 유사하다.

그의 희극이 설정한 장소는 베로나 · 파두아 · 베니스 · 메시나 · 일리리아 · 플로렌스 · 로마 · 시실리 등이고, 〈태풍〉에서 작중인물 프로스페로의 섬은 나폴리와 카데이지 사이에 자리 잡고 있다. 두 희극작품은 이탈리아의 도시를 타이틀로 정하고 있다. 16세기의 이탈리아 희극은 사회적이며 성적(性的) 스캔들로 이야기를 꾸미고 있으며 극의 진행이 도시에서 이루어진다. 셰익스피어의 경우도 그렇다. 작중인물의 경우는 어릿광대(fool) 등의 희극적 인물의 도입에서, 그리고 행태 면에서는 사랑을 위한 변신과 역전(逆轉) 등의 예에서 쉽게 알 수 있는데, 특히 소재를 이용하는 측면에서는 그의 이탈리아 희극 의존도가 압도적이다.

물론 이런 일은 셰익스피어가 이탈리아 희극에서 많은 것을 빌려왔지만 그의 독창적인 재창조가 언제나 동시에 진행되고 있었다는 것을 전제로 하고 있다. 셰익스피어는 〈실수 연발(The Comedy of Errors)〉 〈윈저의 명랑한 아낙네들(The Merry Wives of Windosor)〉에서 플라우투스를 빌려왔다.

플라우투스는 로마시대의 희극작가이다. 그는 4세기 그리스에서 위력을 떨쳤던 '뉴 코미디(the New Comedy)'를 모방하면서 작품을 썼다.

그의 작품을 각색한 공연물이 이탈리아 르네상스 시대의 무대에 부활하여 15세기와 16세기에 걸쳐 공연되었는데, 이 가운데서도 아리오스토(Ariosto)가 각색한 작품 〈상상(I Suppositi)〉(1509)은 나중에 가스코인(Gascoigne)의 〈상상(Supposes)〉(1566)의 토대가 되었고, 다시 셰익스피어의 작품 〈말괄량이 길들이기(The Taming of the Shrew)〉에서 비앙카 구혼의 서브플롯이 되었다. 플라우투스는 그의 작품이 번역되고 각색되면서 엘리자베스 시대 공연무대에 파급되었으며, 셰익스피어는 이 일에도 크게 기여했다. 그의 유머 감각과 플롯 설정, 예컨대 변장, 은밀한 사랑, 이산가족의 재결합, 희극적 상황의 설정, 음모와 소동 그리고 우스꽝스러운 말다툼, 무대상의 기교, 인물의 성격 창조 등에서 그는 플라우투스로부터 많은 것을 얻어 왔다.

〈베로나의 두 신사(Two Gentlemen of Verona)〉 〈로미오와 줄리엣(Romeo and Juliet)〉 〈끝이 좋으면 다 좋다(All's Well That Ends Well)〉 등의 작품에서도 플롯 구성과 성격 창조 면에서 플라우투스의 영향을 쉽게 발견할 수 있다. 플라우투스가 자주 사용한 프롤로그의 기법은 〈헨리 5세(Henry V)〉에서 막(幕)마다 도입되고 있으며, 〈로미오와 줄리엣〉의 1막과 2막의 코러스 장면, 〈겨울 이야기(The Winter's Tale)〉의 4막에서도 볼 수 있다.

또한 에필로그의 기법은 〈헨리 4세(Henry IV)〉와 〈당신이 좋으실 대로(As You Like It)〉에서 재현되고 있다. 이산가족과 그 재회의 플롯은 〈실수연발〉 〈겨울 이야기〉 〈심벨린(Cymbeline)〉 등에서 볼 수 있다. 플라우투스의 〈아듈루라리아(Adulularia)〉는 구두쇠 딸이 젊은이와 사랑의 도피를 꾀

하는 내용을 담고 있는데, 이 플롯은 〈베니스의 상인(The Merchant of Venice)〉의 로렌조-제시카의 서브 플롯에서 재창조되고 있다. 남자로 변장하는 인물의 창조는 플라우투스 특유의 인물 창조 기법인데 셰익스피어의 여주인공들—줄리아 · 포샤 · 로잘린드 · 비올라 · 이모진 등에서 다시 볼 수 있다.

〈사랑의 헛수고(Love's Labour's Lost)〉와 〈한여름 밤의 꿈(A Midsummer Night's Dream)〉에서 보여준 셰익스피어의 변장과 분규(紛糾), 이중 플롯 등의 기법은 그가 르네상스 이탈리아 희극에서 배운 것이다.

2. 셰익스피어 희극의 주제

셰익스피어의 희극은 결국 영국 르네상스 연극이 메난드로스, 플라우투스, 그리고 테렌티우스에서 이어받아 이룩한 전통적인 희극적 형식의 한 가지 변형이라 할 수 있다. 이와 같은 전통적 희극의 가장 두드러진 특성 가운데 하나는, 부모와 연적의 반대를 물리치고 사랑의 승리를 거두는 젊은 연인들의 이야기라는 점이다.

엄격한 사회적 인습이 지배하는 사회 속에서 독선과 아집만을 내세우는 악덕 인간들이 극 초반에는 대세를 장악하지만 극이 마무리되는 단계에서는 새로운 사회를 이끄는 젊은이들이 대세를 반전시키는 드라마로 발전된다. 이것은 인간이 속박된 상태의 비정상에서 자유를 얻는 정상 상태로의 회복을 실현하는 역전(逆轉)의 드라마가 되며, 개인적인 소원이 해결되면서 사회의 질서가 잡히고, 개인의 재생이 가능해지며, 사회와 국가의 존속이 이루어지는 행복한 결말의 통과의례다.

젊은이들은 어른들의 세계 속에서 그들에게 알맞은 자리를 차지한다. 젊은이의 사랑과 순수한 정열은 하나의 시대가 저물고 새로운 시대가 막을 올리는 변화의 계기요 원동력이다. 희극의 종결이 결혼으로 끝나는 것은 개인적인 의지가 실현되고 새로운 사회의 질서가 정착되는 상징적 표현이 된다.

노드롭 프라이(Northrop Frye)는 셰익스피어의 희극 세계를 '그린 월드(green world)'의 드라마라고 규정한다. 그에 의하면 극적 행동은 '정상 세계(normal world)'에서 시작되지만 그 세계는 '닫힌 세계(closed world)'다. 그 닫힌 세계로부터 열린 세계인 '그린 월드'로 진입하게 되고, 그 속에서 인간의 전신(轉身)과 세계의 전환이 이루어지면서 드라마는 변화된 '정상 세계'로 돌아온다는 것이다. 이런 경우 드라마는 두 세계의 상황적 대조감, 두 체험세계의 양상과 그 가치, 현실인식의 두 가지 측면 등을 극명하게 보여준다.

'정상 세계'의 최초의 액션은 법정이나 도시, 또는 가정에서 발생한다. 도시는 가정의 집합체이고, 결혼은 사회적인 의미를 갖게 된다. 도시를 다스리는 영주나 가정에서의 부모는 법의 엄격한 권위를 자랑하면서 결혼 적령기에 처한 젊은 남녀의 사랑을 위협하고 있다. 이 두 남녀들은 대부분의 경우 서로 가문이나 신분, 사회적 지위가 다른 인물들이다. 그들의 사랑은 기성세대 집단의 독선적이며 어리석은 주장과 반대에 부딪힌다. 젊은 남녀는 이들의 위협으로부터 벗어나기 위해 공작과 부모의 세계를 떠난다. 도시의 벽을 뛰어 넘어 꿈과 마술의 세계로 비상한다. 그 세계는 숲의 세계 — '그린 월드'이다. 그곳은 달빛 속에서 요정들이 춤추고, 목가적인 풍경 속에서 양치기들이 사랑을 꿈꾸는 곳이다. 나무가 자라고 꽃이 피고 있는 산속에는 공주 같은 여인이 영웅 같은 애인을 기다리고 있다.

이 '그린 월드'는 작품의 주제에 따라 서로 다른 의미를 지니게 된다. 〈베니스의 상인〉의 경우는 기성세대의 낡은 질서에 맞서는 자비와 관용의 미덕이 된다. 〈한여름 밤의 꿈〉의 경우는 이성(理性)의 도시 아테네의 법에 맞서는 달빛 젖은 공상과 욕망의 유토피아가 된다. 어떤 경우든 그것은 현재의 상태에서 이상적인 상태로의 이행(移行)을 의미하고 있다.

이 '그린 월드'의 세계로 탈출하기 위해 젊은이들은 처음에 여러 가지 어려운 시련을 겪게 되지만 그 과정을 통해 그들의 착한 마음은 더욱 견고해지고, 결국 행복한 결말을 누리게 된다. 그런데 행복한 결말은 시련의 극복과 운명의 변화에서 비롯되는 것이기는 하지만, 근원적으로는 마음의 변화에서 이룩되는 반전과 전신(轉身) 때문에 가능하다. 셰익스피어 희극에서 우리가 주목해야 되는 주제가 바로 이 일을 가능케 하는 사랑의 기능과 역할이다. 사랑은 인간의 마음을 열게 하고, 사람을 서로 접합시키며, 사람의 마음을 바꾸게 하고, 악을 패배시키면서 선을 실천케 한다는 것이다.

〈한여름 밤의 꿈〉의 주제는 사랑과 상상력이다. 사랑을 여러 국면으로 나누어서 표현하고 있는 점이 주제의 중층성을 느끼게 만들어준다. 테세우스와 히폴리타의 원숙한 사랑, 궁전의 젊은이들이 추구하는 독단적이며 일방적인 사랑, 요정의 왕과 여왕 부부가 권태기에 겪는 사랑의 감정, 요정의 여왕 티타니아와 직공 보틈이 뒤엉키는 그로테스크하고 에로틱한 사랑, 극중극에서 보여주고 있는 피라모스와 티스베의 고전적이며 정열적인 사랑 ― 이 모든 사랑의 상황이 상호 연관되어 이야기가 전개되는 가운데 이상적인 사랑의 개념이 통합적으로 전달되도록 만들고 있다.

3. 셰익스피어 희극의 기법

셰익스피어 희극의 특징은 그 중층성에 있기 때문에 이 문제의 분석과 해명은 그의 극작 기법을 이해하는 데 필수적이다. 셰익스피어 작품의 플롯 · 인물 · 언어 · 주제 등은 복잡하게 서로 얽혀 있지만 전체적으로 볼 때에는 통일적인 효과를 나타낸다. 여러 가지 극적인 요소들이 서로 얽혀 있다는 것은 갈등 관계를 맺고 있는 대립구조가 희극의 기본적인 틀을 형성하고 있다는 뜻이 된다. 따라서 대립구조의 몇 가지 기본적인 틀을 검토하는 일은 셰익스피어 희극을 이해하는 데 큰 도움이 된다.

셰익스피어 희극의 첫 번째 틀은 다양화와 통일이다. 다양성은 엘리자베스 시대 희곡작품이 필연적으로 지니고 있는 성격인데, 셰익스피어의 경우, 플롯의 측면에서는 복합구조가 되어 메인 플롯과 서브 플롯이 서로 엉키고 있으며, 또한 비극적 부분과 희극적 부분이 공존하면서 에피소드 · 음악 · 무용 · 극중극 등의 장면이 삽입된다.

등장인물의 경우는 다양한 신분 · 계급 · 종족의 인간들과 초자연적인 망령 · 마녀 · 요정 등이 등장하며, 비극의 경우 주인공에게 초점을 맞춘 것과는 대조적으로 희극에서는 초점의 확산을 꾀하고 있다. 희극의 중심 테마는 사랑이지만, 그 사랑의 양상을 다양한 측면에서 조명하고 있는 점이 두드러진다. 이토록 복잡한 여러 가지 요소를 하나로 묶는 일은 톤

(tone), 대조, 유사한 것의 병치(竝置), 보완관계의 설정 등의 기법으로 처리했다.

구성 면에서 볼 수 있는 중층성의 구체적 예를 우리는 〈한여름 밤의 꿈〉에서 볼 수 있다. 이 드라마는 세 가지 이질적인 세계로 구성되어 있다. 그것은 궁전의 세계와 서민의 세계, 그리고 요정의 세계다. 이 세 가지 세계가 드라마 속에서 혼연일체가 되고 있는데, 셰익스피어는 이 작품 속에서 스토리나 작중인물의 성격을 철저히 추적하는 방법 대신에 인간 상호 간의 관계, 그리고 사랑의 몇 가지 양상을 희극적으로 그리는 일에 치중한다. 그는 이와 같은 기교를 사용하면서 드라마에 현실적인 생동감을 안겨주고 있다. 꿈같은 이야기가 이상하게도 현실에 가까운 박진감을 지니도록 만들어내는 셰익스피어 희극의 특징은 중층적 기법이 거둔 성과라 할 수 있다.

두 번째 틀은 일상성과 비일상성의 대립이다. 이것은 현실과 이상의 대립이 되기도 한다. 사랑의 주제를 묘사하는 방법에서도 이 기법이 도입되고 있으며, 특정한 스토리, 극적 상황, 작중인물의 표현에도 사용되고 있다. 예컨대, 스토리의 장면이 공간이나 시간적으로 멀리 떨어져 있도록 설정되었지만, 인물과 풍속과 자연의 묘사는 일상생활의 모습을 그리고 있는 점을 들 수 있다.

〈한여름 밤의 꿈〉에 등장하는 테세우스는 신화 속의 영웅이지만, 행동과 의상은 엘리지베스조 식이다. 이런 기법은 무대와 관객의 거리를 떼어놓고, 다시 융화시키는 효과를 만들어낸다. 이 대립의 틀은 셰익스피어 희극에 있어서 구조적 패턴이 되고 있는, 일상성으로부터의 탈출과 귀환이라는 플롯 개념과도 일치한다.

세 번째 틀은 허상과 실상의 대립이다. 셰익스피어 희극의 중요한 모티브의 하나가 되는 '인물의 착각(mistaken identity)'을 떠받치고 있는 구조이다. 이 같은 착각은 상대방을 잘못 아는 것 이외에도 자기 자신의 진실한 모습을 보지 못하는 내면적인 착각도 포함하고 있다. 이 같은 착각을 유발하는 동기는 쌍둥이 · 마법 · 약물 · 변장 등의 트릭을 사용하는 경우와, 자부심과 편견 등의 내면적인 요인에서 오는 경우가 있다. 극중극의 기법도 이에 속한다. 허구와 현실이 뒤바뀌고 있다. 그 때문에 '웃음'이 생긴다. 젊은 연인들이 겪는 이성과 환상의 착오, 티타니아와 보톰의 착각 등이 이에 속한다.

성격 창조에서 볼 수 있는 중층성은 셰익스피어가 고전극 · 중세극 등의 전통에 따라 종래의 희극적 인물을 재생시키지만, 동시에 요정이나 변장한 여인 등과 같은 새로운 인물의 성격을 입체적으로 창조해내는 독특한 기법에서 생겨난다. 셰익스피어의 희극적 인물 속에는 서로 모순되면서도 융화되는 여러 가지 성격적 요소들이 포함되어 있다. 그 좋은 예가 폴스타프이다. 이 인물 속에는 중세극의 악마 · 방탕성 · 악 · 허풍쟁이 · 어릿광대 등의 잡다한 요소가 가득 차 있지만 전체적으로 보통사람의 유연한 입체적 성격으로 친근감을 안겨주고 있다. 중요한 것은 셰익스피어의 희극은 작중인물의 성격을 과장하는 성격희극이 아니고, 성격 이상으로 운명이나 우연이 큰 작용을 하고 있는 드라마라는 사실이다.

잭 본(Jack A. Vaughn)은 그의 저서 『셰익스피어 희극론』에서 '숲'이라는 상징적 공간 설정의 기법을 자세히 설명하고 있다. 그의 말을 인용한다.

젊은 연인들의 사랑이 희극운동의 주축을 이루고, 이 사랑의 '시작-진행-

분규-해결'을 가져오는 데 있어 필수적인 장치가 '숲'인데 셰익스피어에 있어 가장 대표적인 '숲'은 아든 숲이다. 아든 숲과 같은 것으로는 〈한여름 밤의 꿈〉의 숲이 있다. 문제 해결을 가져오는 장소로 볼 때 〈십이야〉의 무대인 일리리아섬과 〈폭풍〉에 나오는 마법의 섬(enchanted island)도 같은 숲의 개념에서 취급하고자 한다. (중략) 아든 숲으로 대표되는 셰익스피어 희극의 숲은 도시의 숲과 대조되는 한가롭고 평화스러운 전원의 중심부분이다. 도시가 인습 · 전통 · 권위 · 규율 · 타락을 나타낸다면, 숲은 자유 · 신선함 · 젊음 · 치유 · 음악 등을 대표하는 곳이다. 이 숲속은 사랑의 도피처요, 요정이 뛰노는 곳이요, 사랑이 자유스럽게 이루어지는 곳이요, 일상적 상식이 통하지 않고, 도시의 시간이 없는 '환상의 세계'이다. 희극 속에 '축제적인 놀이'가 있다고 볼 때에, 이 숲은 축제의 마당인 것이다.

셰익스피어의 희극작품은 대부분의 경우 지나친 명령이나 제안으로 시작된다. 이 같은 발단은 극심한 대립과 갈등을 조성하면서 극이 극한 상황으로 치닫는 위기에 처하도록 하지만 해피엔딩으로 끝나게 된다. 도입부의 긴장감은 관객의 호기심을 자극하여 드라마의 결과에 대해 기대와 관심을 갖도록 만든다.

〈한여름 밤의 꿈〉에서 아버지는 그의 딸 허미아에게 디미트리우스와 결혼하도록 강요한다. 이것이 극의 발단이 된다. 그녀는 아버지의 강요를 피해 숲속으로 사랑의 도피를 감행한다. 젊은이들은 숲속에서 사랑의 시련을 겪게 된다. 이것이 극의 발전이요 전개가 된다. 극의 종말은 사랑하는 남녀가 각기 자신의 배필을 찾게 되는 해피 엔딩이 된다.

이들 희극작품 속에 표현된 사랑의 정황은 너무나 인위적이요 인습적이다. 〈한여름 밤의 꿈〉에서 셰익스피어가 애인들을 뒤섞어놓기 위해서 '사랑의 즙'을 사용하는 경우가 그 좋은 예가 된다. 퍼크의 장난은 웃음을 유발하고 기쁨을 선사해주지만 현실감은 상실되고 관객은 꿈속에서 환상을 보는 듯하다. 숲과 달빛과 밤의 극적 장치 속에서 인간은 꿈속을 헤매는 이상한 체험을 하게 되고, 그 체험 속에서 삶에 대한 계시를 받게 된다. 희극은 축제의 마당이라고 했다. 그 마당에서 웃고 놀면서 인간은 지혜가 생기고 변신을 거듭하게 된다.

셰익스피어의 비극작품은 한 가지 이념이나 사상에 극이 집중되어 있다. 그래서 주인공의 성격 분석이 극을 해명하는 데 중요한 구실을 하고 있다. 희극은 현실을 보는 눈이 더욱 다원적이다.

에드워드 다우든(Edward Dowden)은 그의 저서 『셰익스피어의 사상과 예술』에서 이렇게 말하고 있다. "셰익스피어는 그의 통합적인 재능처럼 유머 감각도 다양하다. 그는 절대로 인간 생활의 한 가지 국면만을 파헤치는 그런 종류의 극작가가 아니다." 다우든은 이 문제에 대해 계속해서 중요한 발언을 하고 있다. "영국 희곡의 전통은 진지한 것과 희극적인 것을 병치시키는 방법을 선호했다. 셰익스피어는 서로가 서로의 한 부분이 되도록 만들었다. 비극 속에 희극을 침투시키고, 희극 속에 비극적 진지함을 투영시킨 것이다." 이와 같은 맥락에서 로버트 코리건(Robert Corrigan)도 그의 논문 「희극과 희극 정신」에서 뜻깊은 말을 하고 있다. "연극사에서 가장 비극적인 장면의 하나가 히스 광야에서 폭풍우를 만나고 있는 리어 왕과 광대의 장면이다."

극의 소재는 언제나 중성적인 것이다. 그 소재를 다루는 극작가의 기법에 의해 비극 · 희극 · 멜로 드라마 · 소극 등의 의미가 생긴다. 이때 중요한 것은 극작가의 희극적 인생관이다. 그 인생관이란 무엇인가. 코리건은 다음과 같은 요지의 말을 하고 있다. "희극은 인간의 인내심을 찬양하는 내용이 된다. 인간은 숱한 실패를 거듭하더라도 좌절하지 않고 다시 일어나서 도전을 감행한다. 말하자면 소생에 대한 불굴의 의지를 지니고 있다. 따라서 희극의 정신은 '부활의 정신'이다. 그리고 희극적 체험에서 얻게 되는 기쁨은 패배를 거듭하더라도 인간은 즐겁게 살아남을 수 있다는 낙관적 인생관에서 연유한다. 희극적 행동의 중심에는 언제나 위기를 극복하고 행복한 결합을 이루는 사랑하는 연인들이 존재하고 있다는 사실이 이것을 입증하고 있다."

이 시점에서 우리는 극작가 이오네스코의 솔직한 발언에 주목해야 한다. 그의 말을 들어보자. "희극과 비극은 똑같은 상황의 두 가지 양상에 지나지 않다. 나는 지금 이 두 가지를 구분할 수 없는 단계에 와 있다." 이런 엄청난 문제에 봉착한 극작가는 이오네스코 이전에 체호프가 있었고, 또 그 이전에는 물론 셰익스피어가 있었다. 체호프는 그의 작품 〈갈매기〉와 〈벚꽃동산〉을 희극이라 규정했다. 체호프는 "눈 앞에 있는 인생을 그대로" 표현했다. 산타야나(Santayana)의 "자연 속의 사물은 이상적인 본질을 유지하면 서정적이요, 운명을 생각하면 비극적이지만, 존재론적으로 보면 희극적"이라는 말대로 희극의 의미가 적용되는 경우이다.

존재론적으로 볼 때 "눈 앞에 있는 인생"의 현재적 모습은 부조리 그 자체이다. 그리고 그것은 보잘것없이 허무하다. 혹자는 이것을 비극이라 볼 수도 있다. 그러나 셰익스피어나 체호프, 그리고 이오네스코 등의 극작가들은 인간의 처절한 비운의 순간에 희극적 몸짓이 있는 것을 발견한다. 물론 이것은 해럴드 핀터(Harold Pinter)류의 '블랙 코미디'의 카테고리라고 말할 수도 있고, 부조리 연극을 보면 그렇게 인정할 수도 있지만, 고

뇌와 좌절과 소외의 눈물을 삼키며 터뜨리는 체호프의 연극에서도 우리가 똑같이 느끼는 일이 된다.

인간 체험의 복합성과 난해성은 극작가들에게 때로는 비극을 간직한 희극의 혼합된 극형식을 추구하도록 만든다. 크리스토퍼 프라이(Christopher Fry)는 이 문제에 대해서 간결하게 언급하고 있다. "작중인물의 성격이 비극을 감당하지 못하면 희극은 불가능하다."

최재서는 그의 저서 『셰익스피어 예술론』에서 "인간을 불행에 빠지게 했다가 행복으로 인도하는 것이 셰익스피어 희극이다. 인간과 주위의 인간들의 관계가 원만할 때에만 인간은 행복할 수 있다. 행복은 사회적으로 실현된 질서이다. 셰익스피어의 희극들은 그러한 사회적 질서를 제일 원리로서 추구한다. 그 기능은 단순히 관객을 웃기는 일이 아니라, 원만한 행복감을 주는 일"이라고 말한다.

인간의 불행을 표현하는 비극의 기법과 행복을 표현하는 희극의 기법이 공존하고 있는 〈로미오와 줄리엣〉(1594)은 내용으로 볼 때 비극에 속하지만 그 형식과 기법은 셰익스피어가 비극을 쓰기 전 희극작품을 쓰던 시기의 서정적 희극에 속한다. 이 작품은 〈한여름 밤의 꿈〉(1595), 〈베니스의 상인〉(1596) 등의 희극이 공연된 비슷한 시기의 작품이다. 이 작품의 소재는 이탈리아 민담에서 얻어 온 것인데 비극에 적합한 스토리를 지니고 있다. 셰익스피어는 이 소재를 활용해서 원숙한 희극적 기법을 구사하는 낭만적인 사랑과 죽음의 찬가를 성공시켰다.

4. 작품론

1) 로미오와 줄리엣

텍스트

이 작품의 텍스트인 첫번째 쿼토판(Q1)은 1597년에 인쇄된 것이다. 두 번째 쿼토판은 1599년에 인쇄된 것이다. Q1판은 좋은 대본이 못 된다. Q2판은 Q1판보다 700행이 추가되었다. 이후에 1609년 Q3판이, 연대 표시 없는 Q4판이 나온 후에 1637년 Q5가 나왔다. Q3판은 첫 폴리오판(Folio)의 토대가 되었다.

창작 시기

1591년부터 1596년에 걸친 광범위한 추측이 있다. 초창기 쪽을 주장하는 근거에는 유모의 대사(1막 3장 23행) "지진이 난 지 11년이 됐어요"가 1580년의 런던 지진을 지칭하고 있다는 주장 때문이다. 후기 연대를 주장하는 사람들은 1596년 에식스에 의한 카디즈 원정(Cadiz Expedition)의 내용을 텍스트에서 감지할 수 있다는 것이다. 또한 이 같은 주장을 뒷받침하는 이유의 하나가 Q1판의 표지에 인쇄된 1597년이라는 연대 표시이다. 하지만 일반적으로 인정되고 있는 연대는 1595년이다. 이 시기는 셰익스피어의 '서정극 시기(lyrical period)'의 초기이며, 셰익스피어가 심취했던 윌리엄 코벨(William Covell)의 저서 『폴리만테이아(Polimanteia)』가 1584년의 지진을 언급하고 있기 때문이다.

소재

창작의 원천으로서는 아서 브룩(Arthur Brooke)의 『로미오와 줄리엣의 비극적 유래(Tragical Historye of Romeus and Juliet)』(1562)가 꼽힌다. 이 작품의 스토리가 되는 두 젊은이의 사랑의 비극은 이탈리아 르네상스 시기에 유행하던 것이었다. 〈로미오와 줄리엣〉의 내용을 담고 있는 최초의 이야기는 마스키오 살레르니타노(Masuccio Salernitano)의 『일 노벨리노(Il Novellino)』(1474)이다. 이 이야기는 또한 마테오 반델로(Matteo Bandello)의 『르 노벨레 디 반델로(Le Novelle di Bandello)』(1560)를 내포하고 있는 윌리엄 페인터(William Painter)의 『쾌락의 성(The Palace of Pleasure)』(1566, 1567, 1575) 속에 담겨 있다.

플롯 시놉시스

1막 : 해묵은 원수지간인 두 명문 몬태규 가와 캐퓰리트 가 사이에 새로운 싸움이 번지기 시작한다. 몬태규 가의 로미오는 로잘라인과의 이루지 못한 사랑의 고뇌로부터 막 벗어나고 있는 중이었다. 그의 친구 벤볼리오는 로미오에게 캐퓰리트 가의 무도회에 가보자고 권한다. 로미오는 무도회에서 아름답고 청순한 처녀 줄리엣에게 매혹당한다. 줄리엣도 로미오를 잊지 못한다. 그들은 곧 그들의 사랑이 이룰 수 없는 불운한 사랑이라는 것을 알게 된다. 무도회에서 줄리엣의 사촌인 티볼트가, 로미오가 무도회에 침입한 것을 알고 공격하려 하지만 캐퓰리트 가의 가장이 그를 중지시킨다.

2막 : 로미오는 그의 친구들과 헤어져 정원으로 숨어 들어가 줄리엣 방 창문 밑에 몸을 숨긴다. 줄리엣이 읊조리는 사랑의 맹세를 엿듣고 그는 자신의 모습을 드러낸다. 두 젊은이는 열렬한 사랑의 갈망 속에서 다음날 오정에 은밀하게 결혼할 것을 약속한다. 다음 날 아침 줄리엣은 유모를 보내 결혼 준비를 시키고, 로미오는 로렌스 신부를 설득하여 결혼식을 집전하도록 함으로써 예식을 마친다. 로렌스 신부는 이들의 결혼이 두 집안의 분쟁을 종식시킬 것이라고 믿어 의심치 않는다.

3막 : 결혼식이 끝난 후, 로미오는 그의 친구 머큐쇼와 벤볼리오를 만나러 갔는데, 이 두 친구들은 티볼트와 격렬한 싸움을 벌였다. 티볼트는 로미오와 한판 승부를 하고 싶은데, 로미오는 그의 도전에 응하려 하지 않는다. 하지만 머큐쇼는 이 싸움에 말려들어 티볼트에 의해 치명상을 입고 끝내 죽는다. 로미오는 친구의 죽음을 보고 더 이상 참지 못한 나머지 티볼트를 살해한다. 로미오는 급히 로렌스 신부한테 간다. 한편 살인사건을 보고받은 베로나 영주는 로미오의 추방을 언도한다. 줄리엣은 로미오에게 반지를 보내며 하룻밤을 그녀의 침실에서 보내자고 그를 불러들인다. 그는 밧줄을 타고 그녀의 침실로 들어간다. 그녀와 사랑의 잠자리를 나눈 다음 날 새벽, 그는 만토바로 유배의 길을 떠난다. 캐퓰리트 가에서는 줄리엣이 비밀리에 결혼한 것을 모르고 그녀를 패리스에게 시집보내려 한다.

4막 : 줄리엣은 어떻게 해야 할지 모르고 깊은 고민에 빠진다. 그녀는 양친에게 로미오와의 결혼을 고백할 수도 없고, 그렇다고 패리스와 결혼할 수도 없는 곤경에 처한 것이다. 그녀는 로렌스 신부를 찾아가서 상의한다. 로렌스 신부는 묘안을 짜낸다. 그녀가 패리스와의 결혼을 승낙한 다음, 로렌스 신부가 조제한 수면제를 복용하고 가사 상태에 빠진다는 것이다. 캐퓰리트 가에서는 줄리엣이 죽은 줄 알고 장례식을 치른 다음 줄리엣을 가족묘지에 안장할 것이다. 그녀가 잠에서 깨어날 때쯤 신부로부터 자초지종을 들은 로미오가 가족묘지로 와서 줄리엣을 데리고 만토바로 간다는 것이 로렌스 신부의 계획이었다. 줄리엣은 기꺼이 신부의 계획을 따르기로 작정한다.

5막 : 로렌스 신부의 부탁을 받고 심부름을 간 존 신부가 제 시간에 로미오에게 닿지 못해서 로렌스 신부의 전갈을 전하지 못한다. 로미오는 다른 경로로 줄리엣의 사망 소식을 접하게 된다. 로미오는 줄리엣이 가고 없는 세상을 살기보다는 차라리 스스로 목숨을 끊는 것이 낫다고 생각한다. 그는 독약을 구한 다음 밤중에 베로나로 온다. 그가 캐퓰리트 가의 묘지로 들어서는 순간 슬픔과 절망에 울부짖는 신랑 패리스를 만나 방해를 받는다. 로미오는 그를 죽이지 않으면 안 된다. 로미오는 줄리엣 곁으로 간다. 그녀에게 키스를 한 다음, 독약을 먹고 그 자리에서 죽는다. 로렌스 신부가 서둘러 묘지로 왔지만 때는 이미 늦었다. 로미오의 죽음도 말리지 못했고, 로미오의 죽음을 본 줄리엣이 자결하는 것도 막을 수 없었다. 두 젊은이가 사랑의 순교를 감행한 자리에서 원수지간이던 몬태규 가와 캐퓰리트 가는 서로 화해한다.

작품 평가

〈로미오와 줄리엣〉은 셰익스피어 작품 활동 초기, 〈한여름 밤의 꿈〉〈베니스의 상인〉 등의 희극과 〈존 왕〉〈리처드 3세〉 등 일련의 사극이 씌어진 시대에 속하는 걸작으로, 신선한 젊음의 감각과 낭만적인 서정성이 넘치는 희곡작품이다. 셰익스피어는 이 작품에서 그가 희극의 창작에서 얻은 능숙한 기법을 충분히 활용하고 있다. 이 작품에 등장하는 인물들은 희극에 등장해도 좋을 인물들인데, 이들의 밝고 기지에 넘친 요설(饒舌)과 대사는 다혈질의 기질과 낙천적인 성격 등과 합쳐져서 희극을 형성하는 중요한 구실을 하고 있다. 수많은 학자들과 비평가들은 이 작품이 셰익스피어 희극작품의 패턴에 맞추어져 있음을 지적하고 있다. 그 패턴은 무엇인가. 특정한 사회의 안정과 평화를 위해서는 희생양이 필요하다는 주제의 패턴이다.

셰익스피어 희극에는 어김없이 아름다운 연애 장면이 나온다. 〈로미오와 줄리엣〉은 그의 작품 가운데서 가장 아름답고, 애절한 사랑의 드라마라 할 수 있다. 게오르그 브란데스는 너무나 적절하게 평하고 있다. "이 작품은 첫눈에 매혹당하는 젊고 충동적인 사랑을 표현하고 있다. 그 사랑이 너무나 열렬하기 때문에 사랑의 온갖 장애물은 문제가 되지 않는다. 너무나 철저한 사랑이기 때문에 행복과 죽음 사이에서 중도(中度)의 길이란 없는 것이다. 이들의 사랑은 너무나 불운해서 황홀한 사랑의 결합에는 죽음의 그림자가 뒤따르고 있다."

〈로미오와 줄리엣〉은 낭만적인 서정극으로서 셰익스피어가 세네카의 영향을 많이 받고 있음을 알 수 있는 작품이기도 하다. 결국 서로 적대시하는 두 집안에 태어난 운명 때문에 순결한 두 젊은이가 불행한 죽음을 당하고, 우발적인 사건이 비극적 운명의 패턴을 만들어 나가는 경우가 이에 해당된다. 로미오가 무도회에 가서 줄리엣을 만난 것은 우연한 일이었다. 그가 티볼트와 머큐쇼의 결투 장면에 나타난 것도 우연한 일이었다. 로렌스 신부가 보낸 존 신부가 로미오를 만나지 못했기 때문에 로미오가 로렌스 신부의 계획을 몰랐던 것도 우연이었다. 줄리엣이 잠에서 늦게 깨어나 로미오의 음독을 말리지 못한 것도 우연이었다. 불운한 별

자리의 숙명이 우연한 일을 만들어 드라마의 사건을 진전시키는 일은 셰익스피어가 세네카에서 빌려온 것이다. 〈로미오와 줄리엣〉에서 펼쳐지는 숱한 유혈극의 참상과 공포는 전형적인 세네카 비극이라 할 수 있다. 줄리엣의 무덤 장면, 피투성이가 되는 결투 장면, 피에 물든 티볼트의 시신, 마지막 장면의 처절한 죽음 등은 세네카류의 방식이다. 그러나 이와 관련해서 한 가지 주의해야 할 점은, 셰익스피어는 이들 두 젊은이의 죽음을 초래한 것이 운명인지, 아니면 젊은이들 자신의 무절제한 행동 때문인지에 대해서는 분명한 답변을 하지 않고 있다는 것이다.

〈로미오와 줄리엣〉은 특이한 작품이다. 셰익스피어의 독특한 극세계를 보여주고 있다. 왜냐하면 이 작품은 낭만적인 희극이면서 비극이고, 동시에 리얼리즘의 싹이 보이면서 다양하고 잡다한 요소가 서로 엉켜 있는 특이한 형식의 작품이기 때문이다. '불행한 별자리의 연인들' 이야기는 확실히 낭만적이다. 로미오와 줄리엣은 만나서 첫눈에 사랑하고, 몰래 결혼하지만 우연한 일로 비운의 죽음을 당하는 일들이 불과 닷새 동안에 일어나고 있다. 하지만 이 청춘의 사랑에 첨가되고 뒤따르는 것은 외설이요, 농담이요, 희극이요, 피투성이 싸움이요, 희희덕거리는 웃음, 터지는 홍소(哄笑)이다.

이 리얼리즘을 대변하고 있는 것이 유모의 역할이요, 머큐쇼의 성격이다. 머큐쇼는 꿈같은 이상적인 인물 로미오의 청춘상과 대조되는 감각적이고 현실적인 인물로 창조되고 있다. 아서 브룩의 시편에서는 미미하고 보잘것없는 인물로 묘사되고 있는데 셰익스피어가 독창적으로 살려낸 것이다. 새뮤얼 존슨(Samuel Johnson)은 "희극적 장면은 잘 그려지고 있는데, 비극성은 언제나 손상을 입고 있다"고 말하고 있으며, 찰턴(Henry

Buckley Charlton)은 "비극적 이념의 형태에서는 실패한 작품이지만, 이만한 작품이 된 것은 셰익스피어의 시적 천재와 마술, 그리고 간헐적으로 나타나는 극적 재능 때문"이라고 말하고 있다.

그러기 때문에 나는 〈로미오와 줄리엣〉을 비극이니 희극이니 하는 카테고리에 넣기보다는 인간과 자연을 총체적으로 표현하고 있는 희비극 드라마로 보고 싶은데, 그 속에는 인간의 현실 그대로 순수와 불순, 사랑과 외설, 시와 산문, 슬픔과 웃음 등이 뒤섞여 있다. 극적 행동의 발전과정을 보아도 이것을 알 수 있다. 머큐쇼가 티볼트에 의해 살해되고, 친구의 원수를 갚느라 로미오가 티볼트를 죽이면서 극은 반전되어 로미오는 추방되고, 줄리엣과 패리스의 혼담, 그리고 로렌스 신부의 묘책, 그 어긋남, 두 연인의 죽음, 그리고 양가의 화해로 끝나는데, 이 플롯의 진행 과정 속에는 유모의 희극적 행동과 이야기, 머큐쇼의 '마브 여왕', 시종 피터와 악사들의 희극적 장면 등이 삽입됨으로써 극의 대조감이 생겨 액션에 박력이 생기고 상쾌한 매력이 추가된다.

스퍼전(Caroline F. E. Spurgeon)은 그녀의 이미저리 연구에서 대조감의 기교가 빛의 이미저리로 활용되는 예를 〈로미오와 줄리엣〉에서 찾고 있다. 태양 · 달 · 별 · 불꽃 · 낮 · 밤 · 어둠 · 구름 · 비 · 안개 · 연기 등 이미지의 대조감으로 사랑을 표현하고 있다는 것이다. 줄리엣에게 로미오는 '밤 속의 낮'이다. 로미오에게 줄리엣은 '동쪽에서 떠오르는 태양'이다. 셰익스피어는 로미오와 줄리엣의 사랑을 금세 불이 붙었다가 빠르게 타오르는 불꽃이 순식간에 꺼지는 빛의 이미지로 보았다. 빛 · 햇살 · 별빛 · 달빛 · 일출 · 일몰 · 불꽃 · 유성 · 촛불 · 횃불 · 어둠 · 구름 · 안개 · 비 · 밤 등의 이미지는 이 작품의 분위기와 사랑의 감정을 고양시키는 배경의 그림이 되고 있는 것도 우리가 주목해야 할 부분이다. 두 집안의 불화도 '억센 불꽃' 등으로 표현되고 있다.

셰익스피어의 언어는 1596년 이전에 오랫동안 영국에서 애송되었던 사랑의 서정시에서 빛의 언어와 음악을 얻어왔다. 그 언어의 대표적인 경우를 우리는 1막 5장 95~100행의 소네트에서, 3막 2장 1~31행의 소야곡에서, 3막 5장 1~59행의 중세시대의 사랑의 서정시에서, 그리고 5막 3장 12~17행의 비가(悲歌)에서 볼 수 있다.

〈로미오와 줄리엣〉은 전 세계 젊은이들이 언제 어디서나 가장 많이 찾는 책 가운데 한 권이다. 그 속에는 젊음과 사랑, 그리고 이별과 죽음의 문제가 제기되고 있기 때문이다. 셰익스피어는 극작가 초기 시절에 이 작품 속에 숱한 이질적인 여러 가지 극적 요소들을 투입해서 엘리자베스 시대 희극과 비극의 새로운 발전의 기틀을 잡았다. 햄릿은 로미오의 연장일 수도 있다. 오필리어와 코델리아는 줄리엣의 연장일 수도 있다. 주제와 플롯, 그리고 성격 창조에서 그는 뛰어난 재능을 일찍이 이 작품에서 선보인 셈이다.

2) 한여름 밤의 꿈

텍스트

가장 신뢰할 만한 텍스트는 첫 번째 쿼토판이다. 1600년에 인쇄한 것이다. 두 번째 쿼토판은 1619년에 인쇄했는데 첫번째 쿼토판을 토대로 해서 지문을 첨가했다. 1623년의 첫 번째 폴리오판은 두 번째 쿼토판을 재인쇄한 것이다. 쿼토판에는 막과 장면 표시가 없었다. 첫번째 폴리오판에 이르러 막이 구분되었다.

창작 시기

확실하지 않지만 1594~1595년으로 추정하고 있다. 연대를 추정하는 단서는 티타니아가 언급한 1594년의 심한 강우(降雨)다. 1592년에 죽은 로버트 그린(Robert Greene)에 대한 언급(5막 1장 52~54행)을 제시하는 학자도 있다.

소재

플롯은 셰익스피어의 창작이다. 작품의 여러 부분들은 제각기 다른 소재를 갖고 있다. 두 쌍의 연인들이 서로 얽히는 정사의 플롯은 이탈리아 희극에서 소재를 구한 것이고, 셰익스피어는 이 소재를 그의 작품 〈베로나의 두 신사〉에서 다시 활용하고 있다. 테세우스와 히폴리타에 관한 이야기는 초서 (Chaucer)의 『기사 이야기』에서 얻어온 것이다. 셰익스피어는 또한 플루타르크 영웅전 가운데서 '테세우스의 일생'을 1579년판인 노스(North)의 번역판으로 읽었으리라 짐작된다. 피라모스와 티스베의 이야기는 오비디우스(Ovidius)의 『변신(Metamorphoses)』에서 소재를 구한 것이다. 요정 퍼크(로빈 굿펠로)에 관한 민담은 그가 어린 시절 고향 땅에서 들은 이야기다. 그 당시 스트랫퍼드에서는 이런 얘기들이 널리 퍼져 있었다.

플롯 시놉시스

1막 : 아마존의 여왕 히폴리타와의 결혼을 앞둔 아테네의 공작 테세우스는 특별한 여흥거리를 만들라는 지시를 내린다. 이 여흥의 일부를 아테네의 직업인들이 맡는다. 이들은 아테네 교외에 있는 숲속에 집합해서 보톰의 연출로 각자 드라마의 역할을 맡는다. 에게우스는 불만이다. 그의 딸 허미아가 그가 선택한 디미트리우스를 멀리하고 라이산더와 결혼하려 하기 때문이다. 아테네의 법은 아버지의 명령을 따르게 되어 있다. 허미아와 라이산더는 아테네의 숲속으로 사랑의 도피를 감행한다. 하지만 이들 한 쌍의 연인들은 큰 실수를 한다. 그들의 도피 계획을 사전에 헬레나에게 알렸던 것이다. 헬레나는 허미아의 친구인데 디미트리우스를 몹시 사랑한다. 그러나 디미트리우스는 허미아를 사랑한다.

2막 : 아테네의 숲속에는 요정들이 있는데, 이들은 공작의 결혼을 축하하기 위해 인도에서 날아왔다. 이들의 지배자인 오베론 왕은 티타니아 여왕과 심한 갈등을 빚고 있다. 어린 인도 소년의 보호 문제로 서로 다투고 있기 때문이다. 오베론은 그녀를 처벌하려고 결심한다. 그의 부하 로빈 굿펠로를 시켜 신비로운 꽃의 즙을 따서 그 즙을 티타니아 여왕의 잠든 눈에 바르고 오라고 지시한다. 이 즙을 눈에 바르면 잠에서 깨어났을 때 처음으로 보게 되는 생물을 사랑하게 된다. 그녀는 짐승을 보게 된다. 그래서 그 짐승을 깊이 사랑하게 된다. 다시 오베론은 퍼크에게 명령해서 잠들어 있는 디미트리우스 눈에 꽃즙을 바르고 오라고 지시한다. 그러나 퍼크는 실수를 해서 꽃즙을 라이산더 눈꺼풀에 바르게 된다. 그는 허미아 가까이에서 잠들어 있었다. 헬레나가 잠자는 라이산더를 깨우는데, 그녀를 본 라이산더는 그녀를 쫓아다니면서 사랑을 고백한다. 잠에서 깨어난 허미아는 옆에 라이산더가 없는 것을 알게 된다. 허미아는 라이산더를 찾아 나선다.

3막 : 보톰과 아마추어 극단원 일행은 숲속에서 연습을 하고 있다. 그러나 퍼크가 이들을 놀라게 해서 보톰의 어깨 위에 당나귀 머리를 얹어 놓았다. 그러나 보톰은 그의 모습이 변한 것을 알지 못한다. 그는 노래를 하면서 자신만만하게 여기저기 걸어다니며 티타니아의 잠을 깨우려고 한다. 오베론의 꽃즙 때문에 티타니아는 잠에서 깨어나자 처음 본 보톰을 사랑하게 된다. 한편 오베론은 퍼크의 잘못을 시정하기 위해서 잠든 디미트리우스에게 꽃즙을 발라 그가 깨어났을 때 헬레나를 보도록 한다. 디미트리우스와 라이산더는 헬레나의 사랑을 얻기 위해 결투를 시작한다. 오베론의 지시를 받은 퍼크는 디미트리우스와 라이산더를 떼어놓는다. 그가 잠이 들자 퍼크는 라이산더의 눈꺼풀에 꽃즙의 해독제를 발라 준다. 허미아와 헬레나도 잠이 든다.

4막 : 오베론은 티타니아와 보톰을 잠들게 하고, 인도 소년을 그녀의 품에서 빼앗아온다. 퍼크는 보톰의 어깨에서 당나귀 머리를 떼어내준다. 그러고 나서 여왕의 잠을 깨운다. 해가 떠오르자 테세우스, 히폴리타, 그들의 일행이 모두 숲속에 모인다. 그들은 잠자는 네 사람의 연인들을 깨운다. 디미트리우스는 헬레나와 결혼하고자 한다. 테세우스는 두 쌍의 연인들이 그와 함께 합동 결혼식을 거행할 것이라고 선언한다. 보톰도 이상한 꿈에서 깨어나 연극 연습에 열중한다.

5막 : 결혼식이 끝난 후, 이들은 보톰이 연출한 연극을 관람한다. 한밤중이 되었을 때, 여섯 명의 연인들은 물러간다. 퍼크가 막을 내린다.

작품 평가

엘리자베스 시대의 세계상에 대해서 틸랴드는 그의 저서 『엘리자베스 시대의 세계상(The Elizabethan World Picture)』(1949)에서 다음과 같이 설명하고 있다. 이 세계는 '신-천사-인간-동물-식물-무생물'로 구성되며, 이 같은 순서대로 어떤 계급을 형성하고 있다. 이 계층을 다시 보면 천사에도 9개 층이 있고, 인간에도 주종, 부자 등의 종속관계가 있으며, 동물에 있어서도 말은 개나 돼지 등보다 상위에 속한다고 되어 있다. 이것은 식물에도 해당되고, 무생물도 물은 흙보다 위요, 루비는 황옥보다 위이며, 금은 황동보다 더 고귀한 존재다. 개개의 창조물은 존재라는 쇠사슬의 일부에 지나지 않는다. 그 쇠사슬은 신의 옥좌 발끝에서 시작되어 무생물의 최하위 존재에까지 연결되고 있다는 것이다.

엘리자베스 시대 사람들의 세계관을 지배하던 이 같은 질서관은 두 가지 의미를 지니고 있다. 그중 하나는 그들이 이 세계를 완전한 통일성을 지니고 있는 부동의 질서 위에 형성되어 있다는 것이고, 또 하나는 이 질서를 깨고 신하가 임금에게 반역한다든지, 아들이 부모에게 등을 돌리면 존재의 쇠사슬에 거역하는 것이고 궁극적으로는 신을 거역하는 대죄를 짓는 것이 된다. 하지만 때는 인간의 해방, 모든 것이 허락되는 가능성의 시대였다. 기존의 질서에서 벗어나고자 몸부림을 치고 있는 그런 시대였다. 이 시대 사람들은 그동안 지켜오던 질서체계가 내적이며 외적인 무질서와 혼돈 때문에 흔들리고 있는 것을 느끼고 있었다. 횡포가 심한 군주나 부모에게 반항하려는 신하들과 자녀들이 간혹 생기는 경우가 있었다. 이 경우 사람들은 기묘한 심리적 반응을 일으키고 있었다. 셰익스피어는 이 같은 인간 심리의 심층을 파고들었다.

〈한여름 밤의 꿈〉에는 세 가지 층의 세계가 있다. 요정계, 귀족과 신사들의 세계, 그리고 직능인들이 사는 세계이다. 엘리자베스 시대 사람들에게는 이 세 가지 세계는 서로 차원이 다른 세계다. 셰익스피어는 이 작품에서 제1막 1장에 귀족과 신사의 세계를, 제2장에 직업인들의 세계, 그리고 제2막 1장에서는 전반을 요정의 세계로 나누어서 무운시(無韻詩), 산문(散文), 압운시(押韻詩) 등의 언어로 또다시 구분해서 각기 독립된 장으로 제시하고 있다. 제2막 1장 후반에서는 요정과 직공들, 제2장에서도 요정과 직공들, 제3막 1장에서는 귀족과 직공들, 제2장에서는 요정과 직공들, 그리고 제4막 1장에서는 요정과 왕비와 당나귀 머리를 쓴 직공 보톰이 등장해서 정사 장면을 만드는 기상천외의 극적 상황이 전개된다. 셰익스피어는 이 장면을 만들고 작품이 완성되었다고 기뻐했을 것이다. 제4막 2장은 귀족 신사, 제5막 1장은 세 계층의 사람들이 모두 등장해서 대단원의 막을 내린다.

이토록 이 작품은 관객들의 질서 감각을 교묘하게 이용하고 미묘한 가치판단의 균형을 유지하면서 세 계층의 세상에서 벌어지는 생활상, 사랑의 문제, 인간의 관계 등을 혼합해서 총체적으로 통일감 있는 드라마로 만들어 나가고 있다. 서론 부분에서 셰익스피어 극작술의 특징이 중층성에 있다는 것을 설명했는데, 그 뜻을 이런 구체적인 사실을 통해 이해할 수 있을 것이다. 문제는 이 세 가지 이질적인 요소를 혼합시킬 수 있는 방법이 무엇인가 하는 점이다. 그것이 바로 '꿈' 의 기능이다.

얼핏 보아 이 드라마는 '꽃즙' 이 우연하게 일으킨 동화적 꿈 이야기라고 말할 수 있겠지만 자세히 보면 그것은 사랑의 어리석음과 허무함을 풍자한 희극이다. 그러나 다시 이 드라마를 검토해보면 자신이 누구인지 모르는 자아 상실의 소극적(笑劇的) 부조리극이 되지만, 다시 한번 근원을 캐면 인생은 결국 꿈에 지나지 않는다는 셰익스피어의 인생관이 압축된 영혼의 드라마임을 알 수 있다.

이 작품이 더비 백작과 셰익스피어의 후원자였던 옥스퍼드 백작의 딸 레이디 엘리자베스 드 베어의 결혼식을 축하하기 위해 공연된 것을 생각하면 이 작품의 사회적 의미를 결코 소홀히 할 수 없다. 더욱이 어전(御前) 공연이었다. 그 당시 여왕과 허트포드 백작 사이의 불화를 감안하더라도 그렇고, 스코틀랜드 왕 제임스 6세의 비겁함을 풍자한 3막 2장의 연습 장면 등을 보더라도 꿈을 통한 현실의 재조명은 극작가에게 큰 용기가 필요한 것이었고, 그래서 그 일은 셰익스피어 연극이 할 수 있는 예술적 특권이었다.

3) 베니스의 상인

텍스트

최고의 텍스트는 1600년에 나온 첫번째 쿼토판이다.

창작 시기

이 희곡은 1598년 7월 22일 작품 등기소(the Stationer's Register)에 등록되었다. 창작 시기는 1596년부터 1598년 사이로 추정할 수 있다. 창작 연도는 1594년 6월에 있었던 로페즈(Dr. Lopez)의 처형 때까지 올라간다. 또 한 가지 단서는 제1막 1장 27행에서 언급된 스페인의 함선 세인트앤드루인데, 영국의 카디즈 원정 때 나포되었다. 이 소식이 영국에 도달한 것은 1596년 7월이었다.

소재

조바니 피오렌티노(Ser Giovanni Fiorentino)가 1378년에 쓴 이탈리아 소설 『얼간이(Il Pecorone)』와 영국의 스티븐 고센(Stephen Gossen)의 작품 『폭력학교(School of Abuse)』(1579), 그리고 말로의 『말타의 유대인(The Jew of Malta)』 등이 중요한 소재가 된다. 1586년 유대인 의사 로데리고 로페즈는 여왕의 주치의가 되었다. 그 이후 그는 여왕 살해 음모 사건으로 체포되어 1594년 처형되었다. 당대에 있었던 이 사건이 이 작품을 쓰는 데 영향을 끼쳤으리라 추측된다. 1594년 8월 25일 로즈 극장에서 〈베니스의 희극(Venesyon Comedye)〉이라는 작품이 공연되었다. 이 작품이 셰익스피어가 입수한 직접적인 소재원(素材源)이 된다고 추측되는데, 현재 이 작품은 남아 있지 않다. 이 작품은 헨슬로(Henslowe)의 일기에 기록으로 남아 있다.

플롯 시놉시스

1막 : 베니스의 상인 안토니오는 그의 친구 바사니오를 돕기 위해 3천 두카트를 유대인 고리대금업자 샤일록으로부터 빌린다. 바사니오는 품성이 고귀하지만 가난했다. 그리고 그는 벨몬트의 아름다운 처녀 포샤에게 구혼 중이었다. 샤일록은 안토니오에게 무이자로 돈을 빌려준다고 약속했다. 그러나 석 달 안으로 돈을 갚지 않으면 심장에서 가장 가까운 데 있는 1파운드의 살점을 몰수한다는 조건이었다. 바사니오는 이 같은 계약 조건이 마음에 들지 않았지만 안토니오는 그의 상선이 두 달 안으로 귀항할 터이니 채무를 이행하는 데 별 문제가 없을 것이라고 말해서 그 조건을 수락했다.

2막 : 포샤의 구혼자 모로코 왕이 벨몬트에 도착한다. 그는 포샤의 지시에 따라 상자를 선택해야 한다. 구혼자들은 금 · 은 · 납으로 된 세 가지 상자 가운데서 하나를 선택해야 한다는 것이다. 올바른 상자를 선택한 사람만이 포샤와 결혼할 수 있었다. 바사니오는 돈을 들고 구혼하기 위해 벨몬트로 온다. 그레시아노가 그와 동행했다. 바사니오 곁에는 한때 샤일록의 하인이었던 어릿광대 란슬로트 고보가 있다. 바사니오의 또 다른 친구인 로렌조는 샤일록의 딸 제시카와 사랑의 도피를 감행한다. 그녀는 아버지의 재산을 잔뜩 들고 나왔다. 모로코 왕은 금상자를 선택해서 실패했다. 또 다른 구혼자인 아라곤 왕은 은상자를 선택해서 실패했다. 이때 바사니오의 도착이 알려진다.

3막 : 안토니오의 상선 세 척이 좌초됐다는 소식이 전해진다. 샤일록은 안토니오의 불운을 기뻐하며 채무에 대한 대가를 요구한다. 포샤는 바사니오를 도와서 납상자를 선택하도록 한다. 그녀는 그의 행운을 기념해서 그에게 반지를 선사한다. 그레시아노는 포샤의 하녀 네리사의 사랑을 얻는다. 곧이어 로렌조와 제시카가 등장한다. 이들은 모두의 행운을 기뻐하고 있다. 그러나 안토니오의 불행한 소식이 전달된다. 모든 기쁨이 사라졌다. 포샤는 급히 바사니오와 결혼하고, 그를 베니스로 보낸다. 돈을 갚는다는 약속을 전달하기 위해서다. 그녀와 네리사는 벨몬트에서 기다리기로 한다. 그러나 그들은 곧 젊은 법률가와 서기로 변장한다. 안토니오를 구하기 위해서 그들은 베니스로 출발한다. 안토니오는 샤일록의 마음을 바꾸려고 노력한다. 그러나 고리대금업자는 완강하다.

4막 : 포샤와 네리사가 베니스 법정에 도착한다. 안토니오를 변호하기 위해서다. 바사니오가 빚을 세 배로 갚는다 해도 샤일록은 단호하게 거절한다. 포샤는 샤일록에게 약속대로 살점 1파운드를 잘라내는 것은 좋지만 피를 한 방울이라도 흘리거나 중량을 초과하면 안 된다고 못박는다. 기독교인의 피를 한 방울이라도 흘리게 하면 베니스 법에 의하여 그의 재산은 전부 몰수된다고 말한다. 궁지에 몰린 샤일록은 세 배의 차용금을 받겠다고 요청한다. 그러나 법정은 살점 1파운드만 허락한다고 선언한다. 결국 법정은 샤일록이 선량한 시민의 생명을 위협했기 때문에 샤일록의 재산 가운데서 반은 국가에서 몰수하고, 나머지 반은 안토니오에게 귀속시킨다고 판결한다. 그러나 샤일록의 목숨만은 살려둔다고 관용을 베푼다. 안토니오는 그가 받게 되는 재산은 샤일록이 죽으면 로렌조에게 주기 바란다고 말한다. 포샤와 네리사는 사례금은 받지 않겠지만 바사니오와 그레시아노의 반지를 감사의 표시로 받겠다고 말한다. 두 사람은 반지를 빼주고 벨몬트로 간다.

5막 : 로렌조와 제시카가 벨몬트의 밤을 즐기고 있는 동안 포샤와 네리사는 바사니오와 그레시아노보다 한 발 앞서서 도착한다. 두 남자가 도착했을 때, 두 여인은 그들의 남편들이 결혼 반지를 남에게 주고 온 것에 대해서 짐짓 화를 내는 척한다. 그러다가 포샤는, 변장을 하고 베니스에 간 사실을 이들에게 알려준다. 이들이 서로의 행복한 결말을 축하하고 있는 동안에 안토니오의 배가 무사히 베니스 항구에 도착했다는 소식을 접한다.

작품 평가

〈베니스의 상인〉은 샤일록이 위력을 발휘하는 연극이다. 세익스피어는 샤일록의 성격을 악덕 고리대금업자로 창조했다. 고리대금업은 중세 이후부터 부도덕한 직업으로 간주되었다. 샤일록은 극 초반에서부터 물

욕에 찌든 교활한 노인으로 묘사되고 있는데, 그가 맡고 있는 역할이 악역이기 때문에 그는 결국 비극적 종말을 맞게 될 것이라는 것을 당시 관객들에게 암시하고 있는 것이었다. 셰익스피어는 혹독한 이 유대인에게 인간적인 면모를 부여하고자 노력하고 있는데, 그가 무대에 모습을 나타내면 비극적인 정조가 깔리는 것은 어쩔 수 없는 일이다. 그의 딸 제시카가 기독교도와 사랑의 도피를 하고, 그의 종교와 가족이 모멸당하는 국면에서 샤일록은 기독교도들에 대해서 증오심과 복수심을 갖게 된다.

사실 〈베니스의 상인〉은 셰익스피어의 극 가운데서도 특히 종교색이 강한 작품으로 인식되고 있다. 리치먼드 노블(Richmond Noble)은 그의 저서 『셰익스피어의 성서적 지식(Shakespeare's Biblical Knowledge)』에서 다음과 같이 언명하고 있다. "성서로부터의 인용이라는 관점에서 볼 때, 이 작품은 셰익스피어 극 가운데서도 가장 중요한 작품이 된다. 왜냐하면, 이 극 속에는 샤일록의 묘사 가운데에 작가가 성서를 면밀하게 연구한 흔적을 볼 수 있기 때문이다."

우리는 샤일록이 성서로부터 숱한 인용을 하고 있음을 주목해야 한다. 또한 셰익스피어가 유대인 샤일록을 묘사하는 데 있어서 성서로부터의 인용을 어떻게 이용하고 있는지에 대해서도 면밀한 관찰이 필요하다. 이런 사실을 규명하면서 우리는 이 작품의 주제가 어디에 있는지에 대해서도 연구해보아야 한다.

우선 발견되는 성서의 언급은 1막 3장의 '야곱과 라반의 이야기' '아버지 에브라함', 2막 5장의 '야곱의 지팡이' '하갈의 아들', 4막 1장의 '다니엘 님이 재판하러 오신다' 등 구약성서의 언급과 1막 3장의 '나자렛의 예언자가 마술을 써서 악마를 그 속에 밀어 넣었다', 2막 5장의 '방탕자 기독교도', 4막 1장의 '바라바의 자손' 등 신약성서로부터의 언급이 있음을 알게 된다. 성서에 대해 샤일록 이상으로 많이 언급하고 있는 인물은 포샤인데, 그녀의 언급은 4막 1장의 재판 장면에서 자비심을 찬양하는 대목에서 이루어지고 있음을 알 수 있다.

이 같은 성서의 언급은 이 작품의 주제와 밀접한 관계를 맺고 있는데, 그 주제를 우리는 두 가지 근원적인 대립의 존재에서 확인할 수 있다. 그 대립의 한쪽에 샤일록이 있다. 그는 '법'과 '재판'을 대변하고 있다. '눈에는 눈, 이에는 이'라는 복수의 원리에 입각해서 계약문서를 내세우며(3막 3장) 완고하고 엄격한 태도를 견지하고 있다. 이같은 샤일록의 태도는 생명을 부여하는 영혼의 발동이 아니고, 생명을 죽이는 살의를 품고 있다. 또 하나의 대립적 존재인 포샤는 '희생'과 '자비'를 대변하고 있다. 처벌을 요구하는 샤일록에 대해서 포샤는 신의 가르침을 언급하며 자비심을 찬양하는 유명한 대사를 전달하고 있다. 안토니오를 재판하는 장면에서 이 같은 두 대립적인 존재의 충돌이 명백하게 그려지고 있다.

메인 플롯에서 볼 수 있는 이 같은 대립의 반영은 서브 플롯의 구조 속에서도 확인할 수 있다. 란슬로트 고보가 처음으로 무대에 등장해서 양심과 악마에 관해서 말하고 있는 대목에서 특히 잘 나타나고 있다. 란슬로트는 '유대인인 전 주인(샤일록)을 피해', '기독교도인 새 주인(바사니오)'한테 왔다고 하면서 무대에 나타난다. 란슬로트의 이 같은 행위는 나중에 제시카가 로렌조와 도망가는 사건의 전조라고 할 수 있다. 악마의 노예였던 란슬로트는 하느님의 은혜로 떳떳한 인간으로 탈바꿈되며, 낡은 율법에 묶여 있던 유대인의 딸 제시카는 새로운 율법 속에서 기독교도의 신부가 되는 드라마가 〈베니스의 상인〉이다.

〈베니스의 상인〉에서 다루는 또 다른 주제는 사랑과 우정이다. 이 극에는 바사니오와 포샤의 이지적 사랑이 있는가 하면, 로렌조와 제시카의 로맨틱한 사랑도 있다. 안토니오와 바사니오의 아름다운 우정이 있고, 란슬로트 고보 부자의 어릿광대 웃음거리도 있으며, 포샤가 주관하는 상자 선택의 게임이나 인육 재판의 아슬아슬한 이야기도 있다. 이들 플롯들이 그 나름대로 드라마를 발전시키고 있으며, 그 드라마의 흐름에 따라 작중의 주인공이 바뀌는 복수(複數) 주인공의 양상을 지니고 있다. 셰익스피어 초기 희극의 특징인 중층성의 현상인데, 이 경우는 한 가지 액션으로 주제나 인물을 통합시키는 일이 불가능해지고 플롯이나 인물이 다양해진다. 이 같은 유형의 작품에서는 인간과 세계를 보는 극작가의 관점과 감성이 중요하다. 그 관점은 리얼리즘이요, 그 감성은 희극적이다. 리얼리즘의 시각은 날카로운 현실 비판이 되고, 대립과 갈등의 플롯을 전개시킨다. 희극적 감성은 자비와 관용과 사랑의 아름다움을 고양시키면서 서로 반목하는 두 세계의 화해를 유도한다.

샤일록은 엘리자베스 시대 사람들의 증오의 대상이었다. 당시 유대인 문제에 관해서는 세 가지 측면에서 보아야 한다. 첫째는 1290년 에드워드 1세가 공포한 유대인 추방령이 그 당시에는 아직도 유효했다는 사실이다. 이들의 국내 거주가 허락된 것은 1650년 크롬웰 시대에 이르러서였다. 두 번째는 이들 대부분의 국내 거주 유대인들이 고리대금업을 하고 있었다는 사실이다. 그 당시 영국인들은 안토니오의 경우에서 알 수 있듯이 이자 받고 돈 빌려주는 일을 죄악시했다. 하지만 때로는 불가피하게 유대인으로부터 돈을 빌리는 일이 생겼다. 그러나 그것은 죄악감이 수반되는 일이었고, 그 감정이 굴절되어 유대인 증오의 감정으로 발전되었다. 세 번째는 엘리자베스 여왕의 시의(侍醫)였던 유대계 포르투갈인 로더리고 로페즈의 여왕 암살 계획의 발각이다. 이 사건은 엘리자베스 시대 영국인들에게 반유대인 감정을 폭발시켰다. 이런 연유로 안토니오 · 바사니오 · 포샤 등의 주인공군(主人公群)과 샤일록의 대결은 인종 · 종교 · 경제의 차원을 넘는 갈등으로 발전되어 우정과 사랑의 세계와 증오와 복수의 세계와의 충돌의 드라마가 형성된 것이다. 이 충돌은 인간의 건강하고 밝은 면과 병들고 어두운 면이 서로 부딪치는 투쟁이라 할 수 있다.

셰익스피어는 〈베니스의 상인〉을 통해 인생에는 사랑과 미움이 있고, 꿈과 법이 있으며, 웃음과 비통함까지도 함께 있다는 사실을 우리들에게 깨닫게 해주고 있다. 끝으로 언급하고 싶은 것은 두 개의 대립되는 이질 공간인 베니스와 벨몬트의 배경 설정이다. 현실과 꿈, 법과 사랑의 두 공간이 지리적으로 구분되고 있는 점이 희극적 복합구조에 도움을 준다. 항구 베니스는 해가 떠 있는 생존경쟁의 장(場)이요, 벨몬트는 달빛이 가득 찬 사랑의 장(場)인 것이다.

4) 당신이 좋으실 대로

텍스트

가장 권위 있는 텍스트는 첫번째 폴리오판(1623)이다.

창작 시기

1599년 후반부터 1600년 전반에 창작되었다고 추정하고 있다. 이때는 셰익스피어가 〈십이야〉(1600), 〈줄리어스 시저〉(1599) 등의 명작을 쓰던 시기였는데 4대 비극의 시기가 목전에 다가오고 있었다. 〈햄릿〉은 1601년이었다.

소재

직접적인 소재원은 토마스 로지(Thomas Lodge)의 소설 『로잘린드, 유푸스의 황금유산(Rosalynde, Euphues' Golden Legacie)』(1590)이다. 그러나 셰익스피어는 등장인물의 이름을 바꾸고 제이퀴즈, 터치스톤, 오드리, 윌리엄, 올리버 마텍스트 등의 인물을 새로 창조해냈다. 로지의 소설에 등장하는 로잘린드는 드라마 속의 인물과 같고, 소설 속의 로자다가 드라마 속의 올랜도이다. 줄거리는 아주 비슷하다. 그러나 셰익스피어가 이 소설을 토대로 해서 희곡을 썼을 때, 그 작품에 등장하는 인물들은 생동감에 넘치게 되고, 드라마의 중요 무대가 되는 '아든 숲'은 생명의 숨결을 뿜게 된다.

플롯 시놉시스

1막 : 롤런드 드 보이스 경의 장남인 올리버는 그와 그의 동생들에게 건네진 유산을 막냇동생인 올랜도의 교육비와 양육비에 사용하는 것을 거절한다. 올랜도는 이 상황에 불만이다. 올랜도는 씨름꾼 찰스에게 도전한다. 형 올리버는 이 일에도 냉담하다. 찰스는 프레드릭 공작의 최고 씨름꾼이다. 공작의 경기장에 나온 로잘린드를 실리아가 위로하고 있다.

왜냐하면 로잘린드의 아버지 노공작이 프레드릭 공작에 의해 추방되어 아든 숲속에서 외롭게 살고 있기 때문이다. 올랜도가 씨름에서 찰스를 물리친다. 프레드릭 공작은 올랜도가 옛 정적인 유형당한 공작의 아들인 것을 알고 축하해주지도 않고 오히려 로잘린드를 추방시킨다. 로잘린드가 쫓겨나면 그녀도 함께 가겠다고 실리아는 막무가내다. 두 여인은 아든 숲으로 가기 위해 준비한다. 이들은 로잘린드의 아버지를 찾아 나선 것이다. 안전을 위해 로잘린드가 남장을 한다. 익살꾼 터치스톤이 이들과 동행한다.

2막 : 아든 숲에 은거하는 노공작은 이 낙원의 우두머리요 철학자이다. 그는 도시와 문명 그리고 궁전을 떠나 전원생활을 즐기고 있다. 실리아의 동반 가출을 알게 된 프레드릭 공작은 즉시 명령을 내려 이들을 다시 불러오도록 한다. 여인의 가출을 도와주었다는 누명을 쓴 올랜도 때문에 그의 형 올리버도 처벌 직전의 위기에 처한다. 올랜도도 숲을 향해 떠난다. 오랜 시간이 지난 다음 여인들과 올랜도는 아든 숲에 도착한다. 가니메데와 앨리나로 이름을 바꾼 이들 여인들은 양치기 코린의 도움으로 양치기 농부로 변신한다. 올랜도는 굶은 탓으로 분별력을 잃고 칼을 빼들고 공작의 추종자들로부터 음식을 빼앗으려고 하지만 오히려 이들의 초대를 받고 음식을 제공받는다.

3막 : 궁으로 돌아온 프레드릭 공작은 올리버의 전 재산을 몰수하도록 지시한다. 가출한 여인들에 관한 정보를 갖고 오면 처벌을 면제한다고 그에게 통고한다. 올랜도는 숲속에서 시인이 되었다. 그는 사랑에 빠졌다. 그는 로잘린드를 찬양하는 시를 써서 나무에 걸어둔다. 로잘린드는 숲속에서 이 시를 발견하고 올랜도가 그녀를 사랑한다는 것을 알게 되었다. 가니메데로 분장한 로잘린드는 숲속에서 올랜도를 만난다. 가니메데는 그의 상사병을 고쳐주겠다고 말한다. 올랜도는 그 제안을 받아들인다. 터치스톤은 시골 처녀 오드리와 사랑에 빠졌다. 가니메데는 올랜도의 상사병 치료를 하기 위해 그를 숲속에서 기다리고 있다. 그는 나타나지 않는다. 가니메데는 코린의 초청을 받고 양치기 실비우스가 사랑의 반응이 없는 피비에게 구애(求愛)하는 광경을 보러 간다. 로잘린드는 피비가 애인에게 너무 냉혹하게 행동한다고 나무란다. 그러나 피비와 실비우스의 사랑을 성사시키려다가 로잘린드는 피비의 사랑을 받게 된다(로잘린드는 남장을 하고 있다).

4막 : 올랜도가 한 시간 늦게 도착한다. 그러나 그는 가니메데로부터 사랑의 교습을 받기를 갈망한다. 두 번째 교습을 받기로 한 날에도 올랜도는 늦게 왔다. 그 사이에 가니메데는 피비로부터 편지를 받는다. 가니메데는 그 편지를 실비우스에게 읽어주고 피비가 그를 얼마나 우습게 알고 있는지 알려준다. 올랜도는 교습을 받으러 오는 길에 형 올리버가 나무 그늘 아래서 잠들어 있는 것을 보았는데, 그 순간 뱀과 사자가 그의 목숨을 노리고 있었다. 올랜도는 그의 형의 목숨을 구했지만 자신은 상처를 입었다. 올랜도는 올리버를 가니메데에게 보내 자신이 늦는 이유를 설명하도록 했다. 올리버가 갖고 온 피묻은 수건을 보고 로잘린드는 실신한다.

5막 : 두 형제들은 이제 다시 만나게 되었다. 올리버는 실리아를 사랑하게 되었다. 그는 그녀와 결혼하고 싶었다. 더욱이 그는 올랜도에게 그의 저택을 넘겨주겠다고 말한다. 그러나 올랜도에게 로잘린드가 없는 세상은 의미가 없었다. 다음 날, 노공작이 종신들을 거느리고 나타났다. 네 쌍의 연인들도 결혼하기 위해 모였다. 로잘린드와 올랜도, 올리버와 실리아, 실비우스와 피비, 터치스톤과 오드리. 이때 반가운 소식이 전해졌다. 프레드릭 공작이 아든 숲으로 오다가 개과천선하여 구도의 길에 들어섰다는 전갈이었다. 그는 몰수한 재산을 전부 돌려준다고 언명했다. 행복한 결혼을 축하하는 춤판을 끝으로 연극은 막을 내린다.

작품 평가

로잘린드와 실리아는 셰익스피어가 창조한 여성 성격 가운데서도 아주 이상적이며 매력적인 여인이다. 로잘린드는 포샤를 닮아 기지에 넘치고, 솔직하고, 쾌활한 여성이다. 실리아는 귀엽고, 착하고, 성실한 여성이다. 올랜도나 올리버, 터치스톤, 두 공작들 — 이 모든 인물들은 두드러진 성격을 지닌 독자적 성격의 인물은 되지 못하지만, 모든 인물이 '아든의 숲'이 지니고 있는 자연의 특성을 갖고 있다. "이 작품의 주인공은 누구인가, 그리고 주제는 무엇인가, 그리고 작품의 성격은 어떤 것인가"라고 물으면 답변은 "아든 숲"이라고 말할 수밖에 없는 그런 전원 목가극이 바로 〈당신이 좋으실 대로〉이다.

희곡의 구성도 단순하다. 공작 집안의 싸움, 드 보이스 가문의 형제 싸움, 올랜도와 로잘린드의 사랑 등 세 가지 스토리가 실오라기처럼 서로 엉켜 있다. 숲속에서의 사랑 이야기가 큰 줄기를 이어가고 있지만, 사소한 이야기들, 예컨대 씨름 시합, 가정의 분쟁, 충복 애덤의 등장과 돌연한 소멸, 아든 숲속의 사자, 프레드릭 공작의 석연치 못한 돌발적인 행동, 실리아와 올리버의 돌발적이고도 기묘한 사랑, 로잘린드의 남장과 사랑놀이 등이 주제와 어떻게 관련되어 메인 액션을 구축해 나가는지 알 수 없을 지경이다. 제2막 7장에서 우울한 귀족 제이퀴즈는 어떤 플롯에도 관여하지 않지만 수시로 중요한 발언을 하고 있다. "세계는 하나의 무대……." 이 대사는 무엇을 의미하며, 그의 극적 기능은 무엇인가. 이에 대한 해답은 깊고 난해하다.

그러나 한 가지 분명한 것은 작중의 중요한 인물들이 모두 사랑에 관련되어 있다는 사실이다. 네 쌍의 연인들이 결혼을 하고 두 쌍의 형제들이 화해를 하는 동안 아든 숲은 불가사의한 마술적 작용을 하고 있다. 이 신비로운 푸른 숲속에서 인간들은 각자 자신을 새로운 '눈'으로 다시 보게 되고 변신을 거듭하게 된다. 슈레겔(A.W. Schulegel)의 작품평은 이 점에서 감동적이다. "나무 그늘 속에서 어떤 사람은 운명의 변전(變轉), 세상의 부정, 그리고 사회생활의 고통에 대해서 울적한 심정으로 명상해볼 수 있다. 또 어떤 사람은 사교적인 노래와 축제의 음악으로 숲속을 가득 채울 수도 있다. 사리사욕과 시기심과 야욕은 도시 저편에 놔두고 왔다. 모든 인간의 열정 가운데서 오로지 사랑만이 이 숲속의 길을 찾아올 수 있다." 바로 이것이다. 〈당신이 좋으실 대로〉는 사랑의 묘약을 얻는 인간의 드라마이다. 인간들은 이 숲속에서 사랑과 미움을, 지혜와 어리석음을, 웃음과 눈물을, 비관주의와 낙천주의를 남자와 여자를 뒤섞는다. 그것은 꿈같은 일이다. 그 꿈속에서 자신의 진정한 아이덴티티를 찾고 애정을 나누고, 우정을 가꾼다. 이 얼마나 황홀한 일인가. 아든 숲은 그래서 영원히 존재한다. 셰익스피어의 이 명작이 그의 작품 가운데서 가장 달콤한 행복감을 안겨주는 이유가 여기에 있다.

이태주

연도	윌리엄 셰익스피어	시대 배경
1564 (0세)	4월 23일 출생. 4월 26일, 존과 메리의 장남으로서 세례 받음.	C. 말로 탄생. 갈릴레오 탄생. 미켈란젤로 사망.
1565 (1세)	7월 4일 존, 스트랫퍼드 시참사위원(alderman)으로 피선(被選). 9월 12일 임명.	『지혜의 보고』의 저자 프랜시스 미아즈 탄생.
1566 (2세)	10월 13일, 존과 메리의 차남 길버트 세례.	해군대신극단 대표배우 에드워드 아렌 탄생.
1568 (4세)	9월 4일 존, 스트랫퍼드 시장(bailiff)에 선출됨.	메리 스튜어트 폐위. 영국에서 유폐됨.
1569 (5세)	4월 15일, 존과 메리의 다섯 번째 아이 조앤(Joan) 세례.	여왕극단, 우스터백작극단 스트랫퍼드에서 공연.
1571 (7세)	이즈음 윌리엄은 문법학교 킹즈 뉴 칼리지에 입학. 9월 28일 4녀 앤 세례 받음.	윌리엄 세실 경, 벌리 경이 됨.
1574 (10세)	3월 11일, 존과 메리의 일곱째 아이 리처드 세례. 전염병으로 런던 공연 금지.	5월 10일 레스터경극단이 왕실의 후원을 받음.
1575 (11세)	존, 스트랫퍼드에 정원과 과수원이 있는 두 채의 집을 40파운드로 구입. 윌리엄은 아마도 케닐워스의 축제를 봤을 것이다. 〈한여름 밤의 꿈〉에 반영되어 있다.	7월, 엘리자베스 여왕, 케닐워스 성 방문.
1576 (12세)	존, 문장(紋章) 허가 신청. 이때부터 존은 마을 의회 결석이 잦음. 군비 의연금도 미납.	제임스 버비지의 상설극장 '시어터(The Theatre)'가 쇼어디치에 건립됨.
1577 (13세)	존, 이때부터 재정적 어려움 때문에 공식회의 불참.	커튼극장 건립. 홀린셰드, 『연대기』 초판 발행.
1578 (14세)	11월 14일, 존은 부인의 유산 일부인 윌름코트의 집과 토지를 담보로 의형 에드먼드 란바트의 돈 40파운드 차입.	8월 24일, 존 스톡우드가 설교 중에 극장 비난.

연도	윌리엄 셰익스피어	시대 배경
1579 (15세)	4월 4일, 4녀 앤 매장. 존, 스니타필드의 토지를 4파운드에 매각.	노스 역 『플루타르크영웅전』 출판. 존 플레처 탄생.
1580 (16세)	5월 3일, 4남(여덟 번째 아이) 에드먼드 세례. 존, 치안유지법 위반으로 20파운드의 벌금 지불.	『영국연대기』 출판.
1581 (17세)	8월 3일, 랭커셔에 사는 알렉산더 호턴의 유언장에 '배우 윌리엄 셰익스피어'에게 연금 2파운드를 남긴다는 기록이 있음. 윌리엄의 이름이 최초로 문서에 기록.	10월, 6세의 헨리 리즐리가 3대째의 사우샘프턴 백작이 됨.
1582 (18세)	11월 27일,윌리엄, 8세 연상의 앤 해서웨이와 결혼.	버클레이경극단, 스트랫퍼드에서 공연. 에든버러대학 창립
1583 (19세)	5월 26일, 윌리엄과 앤의 장녀 수재나 세례.	옥스퍼드백작극단, 우스터백작극단 등이 스트랫퍼드에서 공연.
1585 (21세)	2월 2일, 쌍둥이 햄닛과 주디스 세례.	제임스 버비지, 커튼극장의 경영권 장악.
1586 (22세)	9월 6일, 존, 시위원에서 해임. 윌리엄, 런던행(?).	여왕극단, 레스터백작극단이 스트랫퍼드에서 공연.
1587 (23세)	6월 13일에 발생한 상해 사건으로 결원을 채우기 위해 윌리엄이 여왕극단에 가입한 가능성 있음.	헨슬로, 로즈극장 건립. 홀린셰드, 『연대기』 제2판 간행.
1588 (24세)	윌름코트 토지가옥 변제를 청구하면서 윌리엄이 랸바트에 소송 제기.	레스터 백작 사망. 영국 해군, 스페인 무적함대 격파. 리처드 탈턴 매장(9월 3일).
1589 (25세)	윌리엄, 스트랑경극단과 해군대신극단이 합병해서 만든 극단에 관계함.	로버트 그린의 『Menaphon』에 쓴 토머스 내시의 서문에 〈원햄릿(Ur-Hamlet)〉이 언급됨.
1592 (28세)	윌리엄 그린의 책 『문(文)의지혜』(9월 20일 출판등록)에서 윌리엄을 비난하는 문구 '벼락출세한 까마귀(upstartcrow)' 발견.	6월, 극장 폐쇄. 9월 3일 그린 사망. 에드워드 알레인, 헨슬로의 양녀와 결혼해서 헨슬로와 동업자가 됨.

연도	윌리엄 셰익스피어	시대 배경
1593 (29세)	사우샘프턴 백작에게 〈비너스와 아도니스〉 헌정. 출판등록 4월 18일. 같은 해에 4절판으로 등록. 〈타이터스 앤드로니커스〉 집필. 〈말괄량이 길들이기〉 집필. 〈루크리스의 능욕〉 집필.	극작가 크리스토퍼 말로 살해당함(5월 30일). 전염병으로 윌리엄이 소속된 펜브루크백작극단이 어려움을 겪음.
1594 (30세)	윌리엄, 궁내대신소속극단에 단원으로 참가. 〈타이터스 앤드로니커스〉 출판 등록(2월 6일). 동년에 양(良)사절판으로 출판. 로즈극장에서 공연(1월 23일). 〈헨리 6세 2부〉 출판 등록(3월 12일). 동년에 악(惡)사절판 출판. 〈루크리스의 능욕〉 출판 등록(5월 9일). 동년 양사절판으로 출판. 〈실수 연발〉 그레이 법학원에서 공연(12월 28일). 〈베로나의 두 신사〉 집필. 〈사랑의 헛수고〉 집필. 〈로미오와 줄리엣〉 집필. 〈말괄량이 길들이기〉 공연(6월 13일).	1592년부터 이래로 폐쇄되었던 정규공연이 6월에 시작됨. 스트랫퍼드 대화재(9월 22일). 헨리 거리의 셰익스피어의 가옥도 피해를 입음. 펜브루크백작극단 해체(12월 28일). 6월 7일에 유대인 의사 로더리고 로페즈가 여왕 암살 용의로 처형됨.
1595 (31세)	3월 15일에 전년 12월의 어전공연에 대한 지불 명부에 20파운드의 액수와 간부단원 윌리엄의 이름이 기록됨.	9월, 스트랫퍼드 화재. 〈리처드 2세〉 또는 〈리처드 3세〉 공연(12월 9일). 프랜시스 랭글리, 펜브루크백작극단의 본거지인 스완극장 건립.
1596 (32세)	8월 11일, 장남 햄닛 매장(11세). 10월 20일에 존, 문장 사용 허가받음. 윌리엄, 비숍게이트의 세인트헬렌에 거주(10월).	스완극장에서 네덜란드의 관광객 한니스 드 위트가 관객을 3천 명으로 추산. 2월 4일에 제임스 버비지가 블랙프라이어즈극장을 600파운드로 구입.
1597 (33세)	5월 4일에 윌리엄, 스트랫퍼드에서 가장 아름답고 두 번째로 큰 '뉴 플레이스' 저택을 60파운드에 구입. 〈윈저의 즐거운 아낙네들〉 공연(4.22~23). 〈리처드 2세〉 출판등록(8.29), 동년 양사절판 출판. 〈리처드 3세〉 출판 등록(10.20), 동년 양과 악의 중간사절판 출판. 〈헨리 4세 1부, 2부〉 집필(1597~1598). 〈사랑의 헛수고〉 공연.	2월 2일 제임스 버비지 매장.

연도	윌리엄 셰익스피어	시대 배경
1598 (34세)	〈헨리 4세 1부〉 출판 등록(2.25). 출판. 〈베니스의 상인〉 출판 등록(7.22). 윌리엄, 벤 존슨의 〈각인각색〉에 출연(9.20 이전). 〈사랑의 헛수고〉 양사절판 출판(12월). 〈헛소동〉 집필(1598~1599). 〈헨리 5세〉 집필(1598~1599)	재상 윌리엄 세실 사망. 프랜시스 미어스의 수기 『지식의 보고』 출판(9.7). 이 책에는 윌리엄에 관한 여러 가지 언급이 있음.
1599 (35세)	2월 21일, 윌리엄, 주주의 한 사람으로서 글로브극장 건설 운영에 관한 계약서 작성. 세인트 헬렌에 보관된 세금 관계 서류에 윌리엄의 이름 있음. 글로브극장 개장. 〈줄리어스 시저〉 집필. 글로브극장에서 공연(9.21). 〈로미오와 줄리엣〉 양사절판 출판. 〈당신이 좋으실 대로〉 집필(1599~1600). 〈십이야〉 집필(1599~ 1600).	시인 에드먼드 스펜서 사망. 풍자문학 금지(6.1). 에식스 백작의 아일랜드 원정 실패.
1600 (36세)	〈당신이 좋으실 대로〉 등록(8.4), 출판 보류. 〈헛소동〉 등록(8.4). 양사절판 출판(10월). 〈헨리 4세 2부〉 등록(8.23). 양사절판 출판. 〈헨리 5세〉 등록(8.23). 악사절판 출판. 〈한여름 밤의 꿈〉 등록(10.8). 템스강 남안(南岸) 크린크 지구 납세자 리스트에 13실링 4펜스 미납 기록.	동인도회사 설립. 헨슬로, 520 파운드를 들여서 포춘극장 건립.
1601 (37세)	부친 존 사망. 9월 8일 매장. 궁내대신극단이 에식스 백작 일당의 요청에 의해 왕위 찬탈극 〈리처드 2세〉 글로브극장에서 공연(2.7). 〈십이야〉 궁전에서 공연(1.6). 〈햄릿〉 집필(1601~1602). 〈트로일로스와 크레시다〉 집필(1601~1602).	2월 8일, 에식스 백작, 런던에서 반란 일으키다 체포되어 사형됨(2.25). 사우샘프턴 사형 면함.
1602 (38세)	5월 1일 윌리엄, 스트랫퍼드에 107에이커의 토지를 320파운드로 구입. 윌리엄, 런던 크리플게이트에 하숙. 〈윈저의 즐거운 아낙네들〉 등록(1.18). 악사절판 출판. 〈햄릿〉 등록(7.26). 〈끝이 좋으면 다 좋다〉 집필(1602~1603).	

연도	윌리엄 셰익스피어	시대 배경
1603 (39세)	5월 19일, 궁내대신극단이 국왕극단이 되다(5.19). 〈트로일로스와 크레시다〉 등록(2.7). 〈햄릿〉 악사절판 출판.	엘리자베스 여왕 사망(3.24). 튜더 왕조 끝남. 제임스 1세 즉위하여 스튜어트 왕조 출범. 3월 19일 전염병으로 극장 1년간 폐쇄.
1604 (40세)	〈오셀로〉 집필. 11월 1일 궁정에서 공연. 〈자에는 자로〉 집필(1604~1605). 12월 26일 궁전에서 공연. 〈햄릿〉 양사절판 출판. 〈윈저의 즐거운 아낙네들〉 궁정에서 공연(11.4).	4월 9일, 극장 개관. 제임스 1세 스페인과 화평 체결.
1605 (41세)	국왕극단이 〈헨리 5세〉를 궁정에서 공연(1.7). 국왕극단이 〈베니스의 상인〉을 궁정에서 공연(2.10). 〈리어 왕〉 집필(1605~1606).	11월 15일, 가이 포크스의 의사당 폭파 음모사건(화약음모사건) 발각. 레드불극장 개관.
1607 (43세)	6월 5일 장녀 수재나, 의사 존 홀과 결혼(6.5). 〈리어 왕〉 출판등록(11.26). 〈코리올레이너스〉 집필. 〈아테네의 타이몬〉 집필. 〈맥베스〉 아마도 햄프턴코트에서 덴마크 왕 크리스찬 4세 방문을 기념해서 공연(8.7). 〈햄릿〉 영국 함선 드래곤호 선상에서 공연. 12월 31일 윌리엄의 동생 배우 에드먼드 셰익스피어 매장(12.31).	7월~11월,전염병으로 극장 폐쇄.
1608 (44세)	수재나의 장녀 엘리자베스 출생(2.8.세례). 모친 메리 사망(9.9. 매장). 〈안토니와 클레오파트라〉 등록(5.20). 〈리어 왕〉 양과 악의 중간판본 출판.〈페리클레스〉 집필(1608~1609), 등록(5.20).	시인 존 밀턴 출생. 8월 9일, 국왕극단이 블랙프라이어즈 극장 임대권 매입.
1610 (46세)	윌리엄, 고향에 은퇴. 〈겨울 이야기〉 집필(1610~1611).	2월, 제임스 1세 의회 폐쇄.
1611 (47세)	〈심벨린〉 관극(4월 하순) 기록(점성가 사이먼 포맨). 〈겨울 이야기〉 글로브극장에서 공연(5.15). 〈템페스트〉 집필(1611~1612). 동년 궁정에서 공연(11.1).	흠정(欽定)영역성서 출판.
1612 (48세)	〈헨리 8세〉 집필(1612~3).	태자 헨리 사망.

연도	윌리엄 셰익스피어	시대 배경
1613 (49세)	2월 4일 동생 리처드 매장. 런던 블랙프라이어즈 지구에 140파운드를 들여 게이트 하우스(Gate-House) 구입.	〈헨리 8세〉 공연 중(6.29) 글로브극장 소실. 곧 재건립 착수.
1614 (50세)	글로브극장 6월 준공(1400파운드 소요됨).	호프극장 건립.
1615 (51세)	〈리처드 2세〉(제5쿼토판) 출판(90월).	조지 채프먼이 호메로스의 『오디세이』 완역.
1616 (52세)	1월 26일경, 윌리엄 유언장 작성. 차녀 주디스가 토머스 퀴니와 결혼(2.10). 유언장 수정, 서명(3.25). 4월 23일 윌리엄 셰익스피어 사망. 스트랫퍼드 홀리 트리니티교회에 매장(4.25). 11월 23일, 토머스와 주디스의 아들 셰익스피어 세례. 『루크레스의 능욕』 출판.	1월 6일 헨슬로 사망.
1623	8월 6일, 윌리엄의 아내 앤 사망(67세). 11월 8일 윌리엄의 전집 첫 폴리오판이 셰익스피어의 동료배우들인 존 헤밍스와 헨리 콘델에 의해 출판.	

셰익스피어 가계도

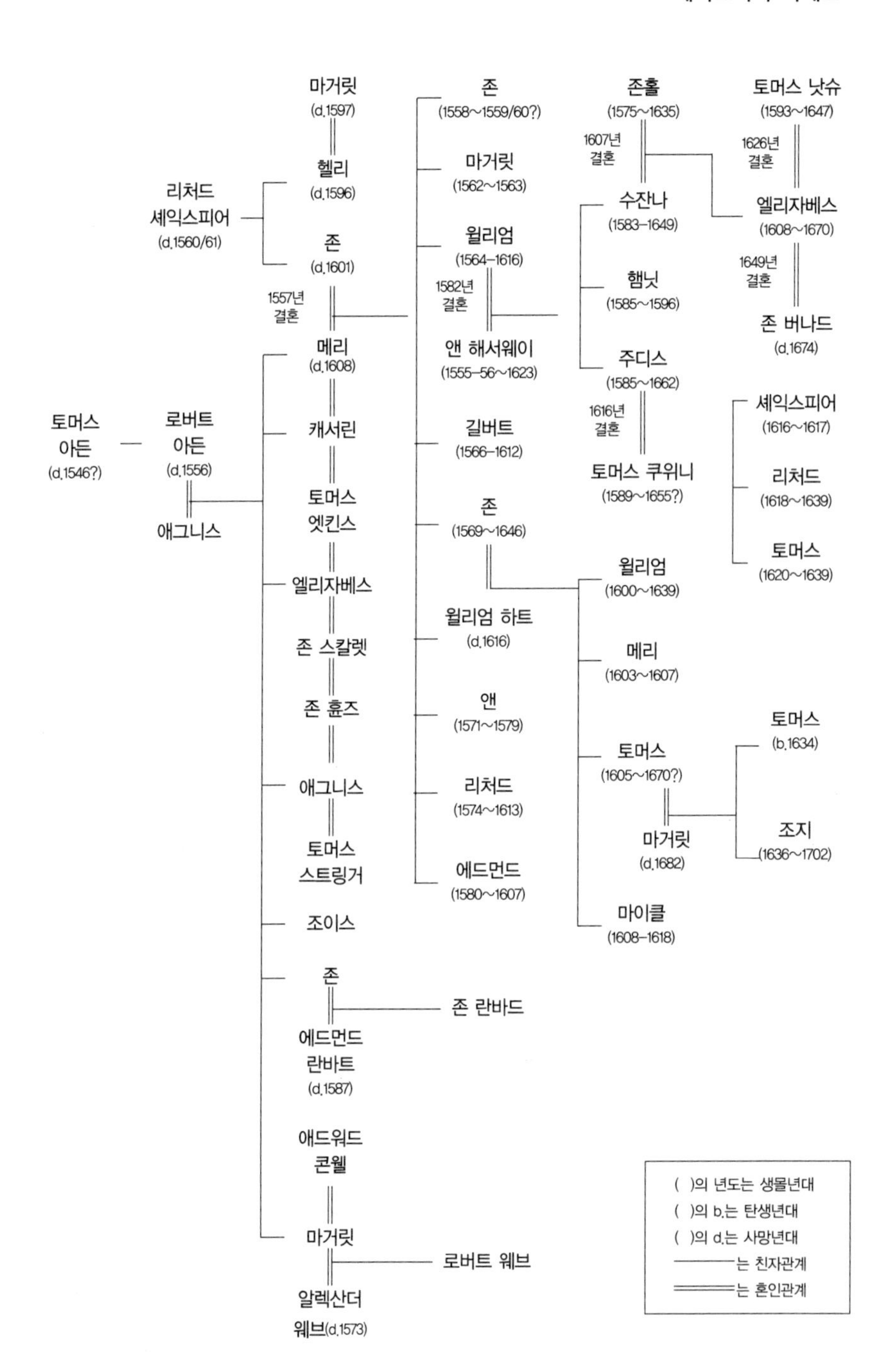

마거릿
(d.1597)
헬리
(d.1596)
리처드
셰익스피어
(d.1560/61)
존
(d.1601)
1557년
결혼
메리
(d.1608)
캐서린
토머스
엣킨스
엘리자베스
존 스칼렛
존 휸즈
애그니스
토머스
스트링거
조이스
존
존 란바드
에드먼드
란바트
(d.1587)
애드워드
콘웰
마거릿
로버트 웨브
알렉산더
웨브(d.1573)
토머스
아든
(d.1546?)
로버트
아든
(d.1556)
애그니스
존
(1558~1559/60?)
마거릿
(1562~1563)
윌리엄
(1564–1616)
1582년
결혼
앤 해서웨이
(1555–56~1623)
길버트
(1566–1612)
존
(1569~1646)
윌리엄 하트
(d.1616)
앤
(1571~1579)
리처드
(1574~1613)
에드먼드
(1580~1607)
존홀
(1575~1635)
1607년
결혼
수잔나
(1583–1649)
햄닛
(1585~1596)
주디스
(1585~1662)
1616년
결혼
토머스 쿠위니
(1589~1655?)
윌리엄
(1600~1639)
메리
(1603~1607)
토머스
(1605~1670?)
마거릿
(d.1682)
마이클
(1608–1618)
토머스 낫슈
(1593~1647)
1626년
결혼
엘리자베스
(1608~1670)
1649년
결혼
존 버나드
(d.1674)
셰익스피어
(1616~1617)
리처드
(1618~1639)
토머스
(1620~1639)
토머스
(b.1634)
조지
(1636~1702)
( )의 년도는 생몰년대
( )의 b.는 탄생년대
( )의 d.는 사망년대
는 친자관계
는 혼인관계

장미전쟁 역사극의 가계도

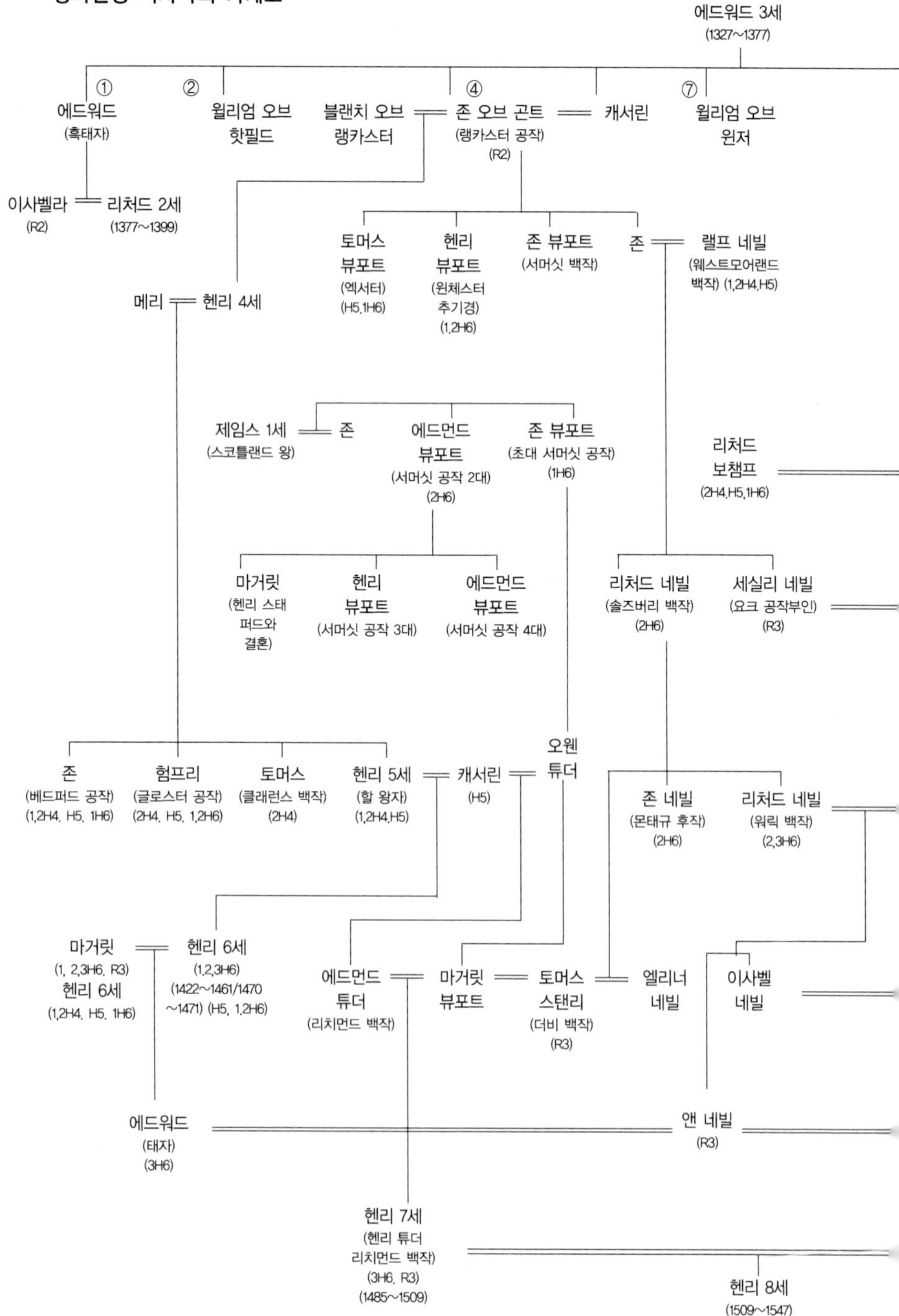

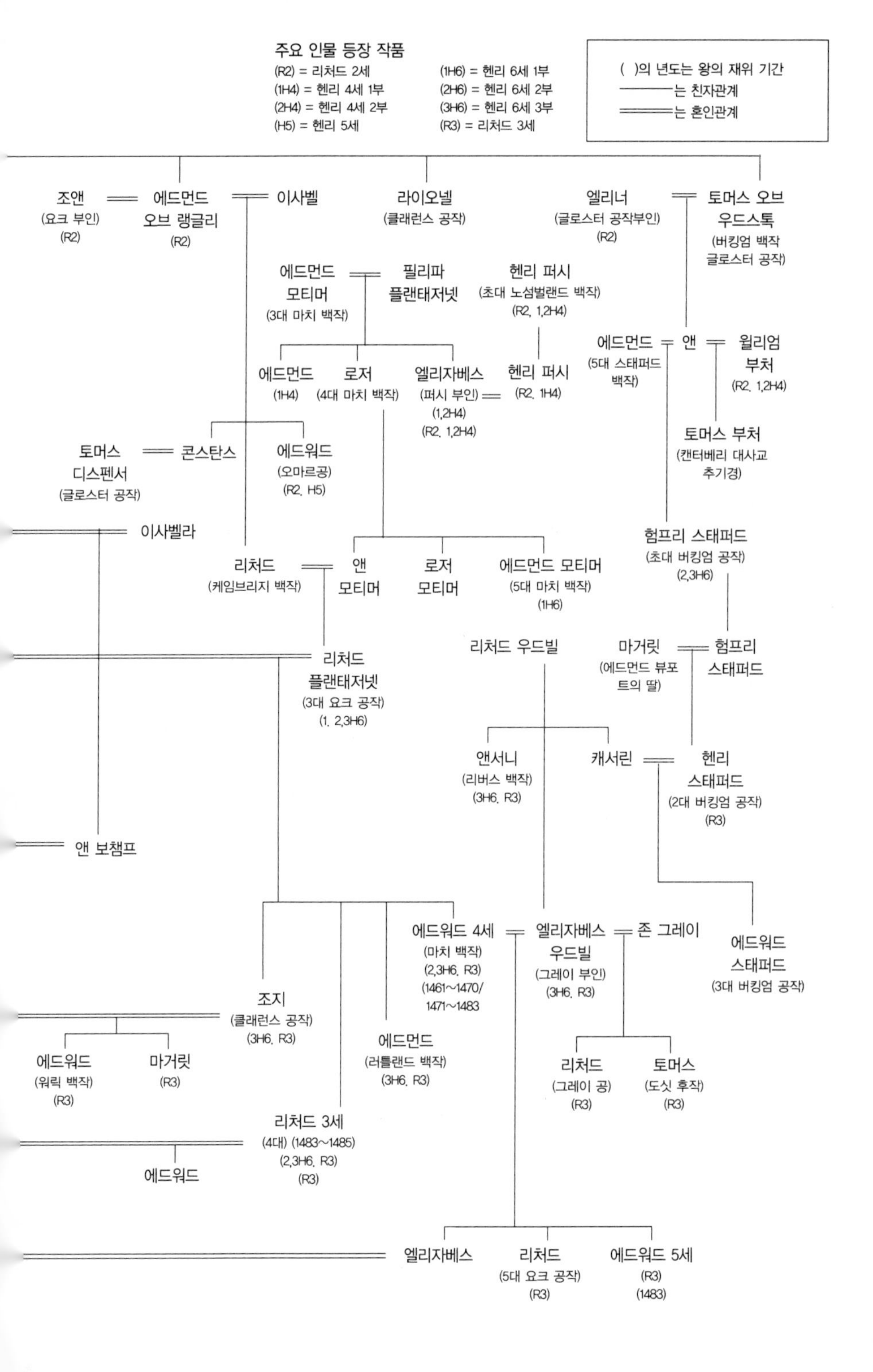
주요 인물 등장 작품
(R2) = 리처드 2세
(1H4) = 헨리 4세 1부
(2H4) = 헨리 4세 2부
(H5) = 헨리 5세
(1H6) = 헨리 6세 1부
(2H6) = 헨리 6세 2부
(3H6) = 헨리 6세 3부
(R3) = 리처드 3세
( )의 년도는 왕의 재위 기간
는 친자관계
는 혼인관계
조앤 (요크 부인) (R2)
에드먼드 오브 랭글리 (R2)
이사벨
라이오넬 (클래런스 공작)
엘리너 (글로스터 공작부인) (R2)
토머스 오브 우드스톡 (버킹엄 백작 글로스터 공작)
에드먼드 모티머 (3대 마치 백작)
필리파 플랜태저넷
헨리 퍼시 (초대 노섬벌랜드 백작) (R2, 1,2H4)
에드먼드 (5대 스태퍼드 백작)
앤
윌리엄 부처 (R2, 1,2H4)
에드먼드 (1H4)
로저 (4대 마치 백작)
엘리자베스 (퍼시 부인) (1,2H4) (R2, 1,2H4)
헨리 퍼시 (R2, 1H4)
토머스 부처 (캔터베리 대사교 추기경)
토머스 디스펜서 (글로스터 공작)
콘스탄스
에드워드 (오마르공) (R2, H5)
이사벨라
험프리 스태퍼드 (초대 버킹엄 공작) (2,3H6)
리처드 (케임브리지 백작)
앤 모티머
로저 모티머
에드먼드 모티머 (5대 마치 백작) (1H6)
리처드 플랜태저넷 (3대 요크 공작) (1, 2,3H6)
리처드 우드빌
마거릿 (에드먼드 뷰포트의 딸)
험프리 스태퍼드
앤서니 (리버스 백작) (3H6, R3)
캐서린
헨리 스태퍼드 (2대 버킹엄 공작) (R3)
앤 보챔프
에드워드 4세 (마치 백작) (2,3H6, R3) (1461~1470/ 1471~1483)
엘리자베스 우드빌 (그레이 부인) (3H6, R3)
존 그레이
에드워드 스태퍼드 (3대 버킹엄 공작)
조지 (클래런스 공작) (3H6, R3)
에드먼드 (러틀랜드 백작) (3H6, R3)
에드워드 (워릭 백작) (R3)
마거릿 (R3)
리처드 (그레이 공) (R3)
토머스 (도싯 후작) (R3)
리처드 3세 (4대) (1483~1485) (2,3H6, R3) (R3)
에드워드
엘리자베스
리처드 (5대 요크 공작) (R3)
에드워드 5세 (R3) (1483)

영국 왕가 족보 (1)

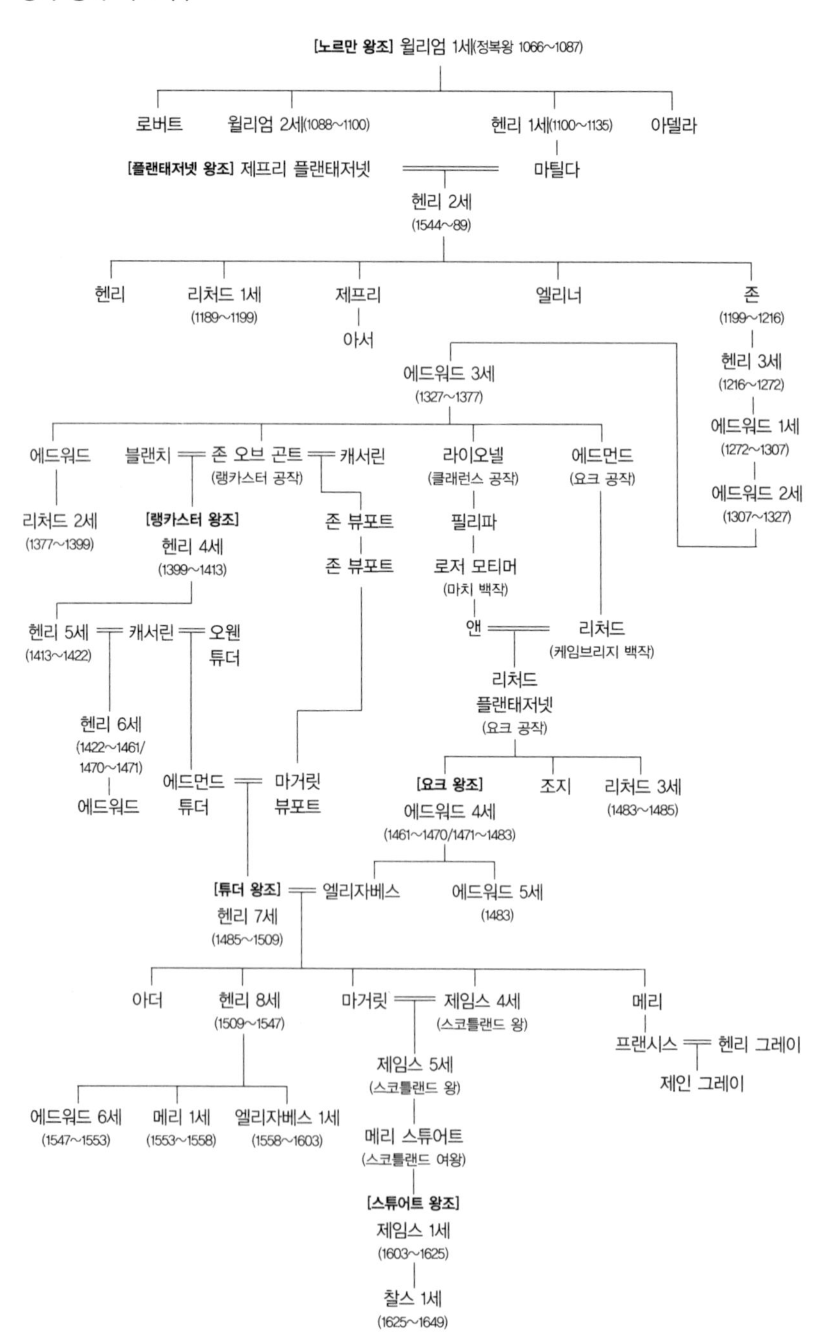
[노르만 왕조] 윌리엄 1세(정복왕 1066~1087)
로버트
윌리엄 2세(1088~1100)
헨리 1세(1100~1135)
아델라
[플랜태저넷 왕조] 제프리 플랜태저넷
마틸다
헨리 2세
(1544~89)
헨리
리처드 1세
(1189~1199)
제프리
아서
엘리너
존
(1199~1216)
헨리 3세
(1216~1272)
에드워드 1세
(1272~1307)
에드워드 2세
(1307~1327)
에드워드 3세
(1327~1377)
에드워드
리처드 2세
(1377~1399)
블랜치
존 오브 곤트
(랭카스터 공작)
캐서린
라이오넬
(클래런스 공작)
에드먼드
(요크 공작)
[랭카스터 왕조]
헨리 4세
(1399~1413)
존 뷰포트
존 뷰포트
필리파
로저 모티머
(마치 백작)
앤
리처드
(케임브리지 백작)
헨리 5세
(1413~1422)
캐서린
오웬
튜더
리처드
플랜태저넷
(요크 공작)
헨리 6세
(1422~1461/
1470~1471)
에드워드
에드먼드
튜더
마거릿
뷰포트
[요크 왕조]
에드워드 4세
(1461~1470/1471~1483)
조지
리처드 3세
(1483~1485)
[튜더 왕조]
헨리 7세
(1485~1509)
엘리자베스
에드워드 5세
(1483)
아더
헨리 8세
(1509~1547)
마거릿
제임스 4세
(스코틀랜드 왕)
메리
프랜시스
헨리 그레이
제인 그레이
제임스 5세
(스코틀랜드 왕)
에드워드 6세
(1547~1553)
메리 1세
(1553~1558)
엘리자베스 1세
(1558~1603)
메리 스튜어트
(스코틀랜드 여왕)
[스튜어트 왕조]
제임스 1세
(1603~1625)
찰스 1세
(1625~1649)

영국 왕가 족보 (2)

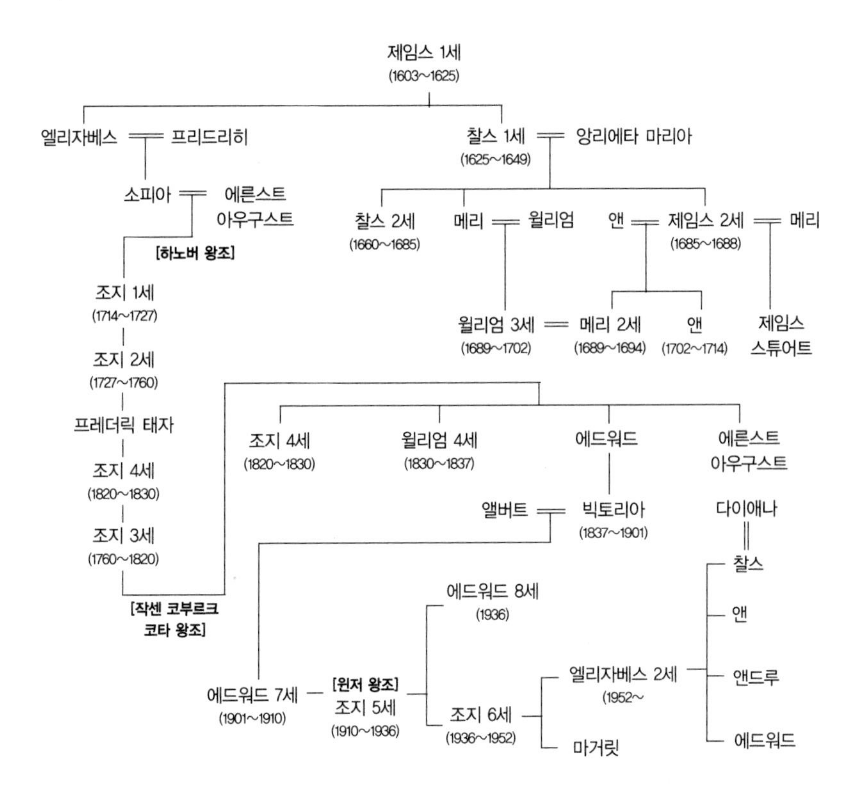
제임스 1세
(1603~1625)
엘리자베스
프리드리히
찰스 1세
(1625~1649)
앙리에타 마리아
소피아
에른스트
아우구스트
찰스 2세
(1660~1685)
메리
윌리엄
앤
제임스 2세
(1685~1688)
메리
[하노버 왕조]
조지 1세
(1714~1727)
윌리엄 3세
(1689~1702)
메리 2세
(1689~1694)
앤
(1702~1714)
제임스
스튜어트
조지 2세
(1727~1760)
프레데릭 태자
조지 4세
(1820~1830)
윌리엄 4세
(1830~1837)
에드워드
에른스트
아우구스트
조지 4세
(1820~1830)
앨버트
빅토리아
(1837~1901)
다이애나
조지 3세
(1760~1820)
찰스
[작센 코부르크
코타 왕조]
에드워드 8세
(1936)
앤
엘리자베스 2세
(1952~
앤드루
에드워드 7세
(1901~1910)
[윈저 왕조]
조지 5세
(1910~1936)
조지 6세
(1936~1952)
마거릿
에드워드